田舎の夏、
異世界の夏。
稲荷様《いなりさま》
望月五月《もちづきさつき》
JN087585
山、買いました
I BOUGHT A MOUNTAIN.
~異世界暮らしも悪くない~
【著】実川えむ
【画】りりんら
3

「キャー！やめてー！」

ログハウスの畑が
三つ子に荒らされている！

エイデン（古龍）
イグノス様
「ほう、随分と大人しくなったものだ」

~異世界暮らしも悪くない~

山、買いました

［著］実川えむ
［画］りりんら

I BOUGHT A MOUNTAIN.

Contents

一章
子供たちとの別れ
008

二章
山でやること、まだまだいっぱい
092

三章
ガズゥとの再会と村づくり
139

四章
獣人たちを助けに行こう
182

書籍限定書き下ろし
稲荷、奥さんと出会う
230

書籍限定書き下ろし
サリーは見た
234

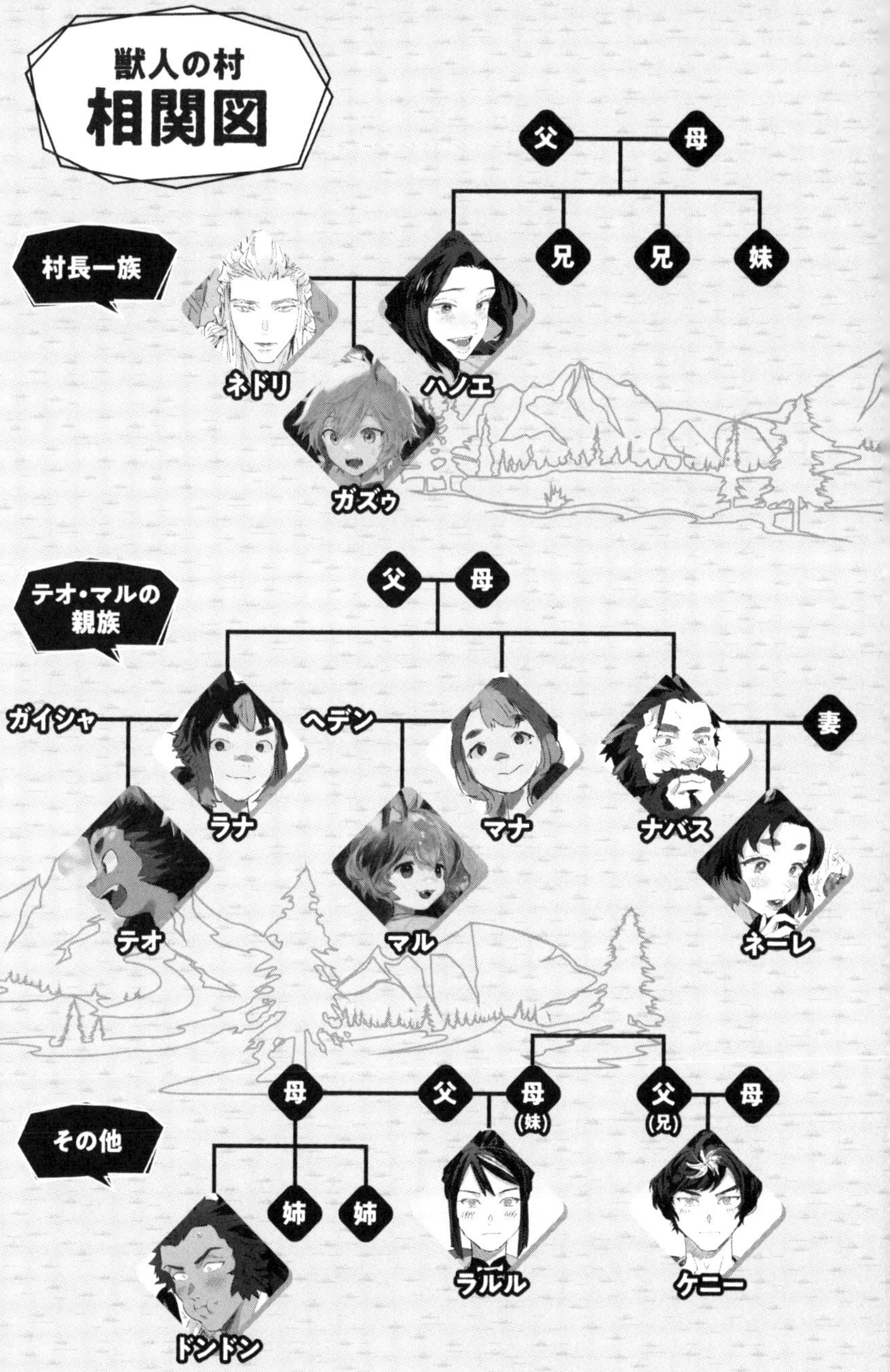

獣人の村
相関図
村長一族
父
母
兄
兄
妹
ネドリ
ハノエ
ガズゥ
テオ・マルの親族
父
母
ガイシャ
ラナ
ヘデン
マナ
ナバス
妻
テオ
マル
ネーレ
その他
母
父
母(妹)
父(兄)
母
姉
姉
ドンドン
ラルル
ケニー

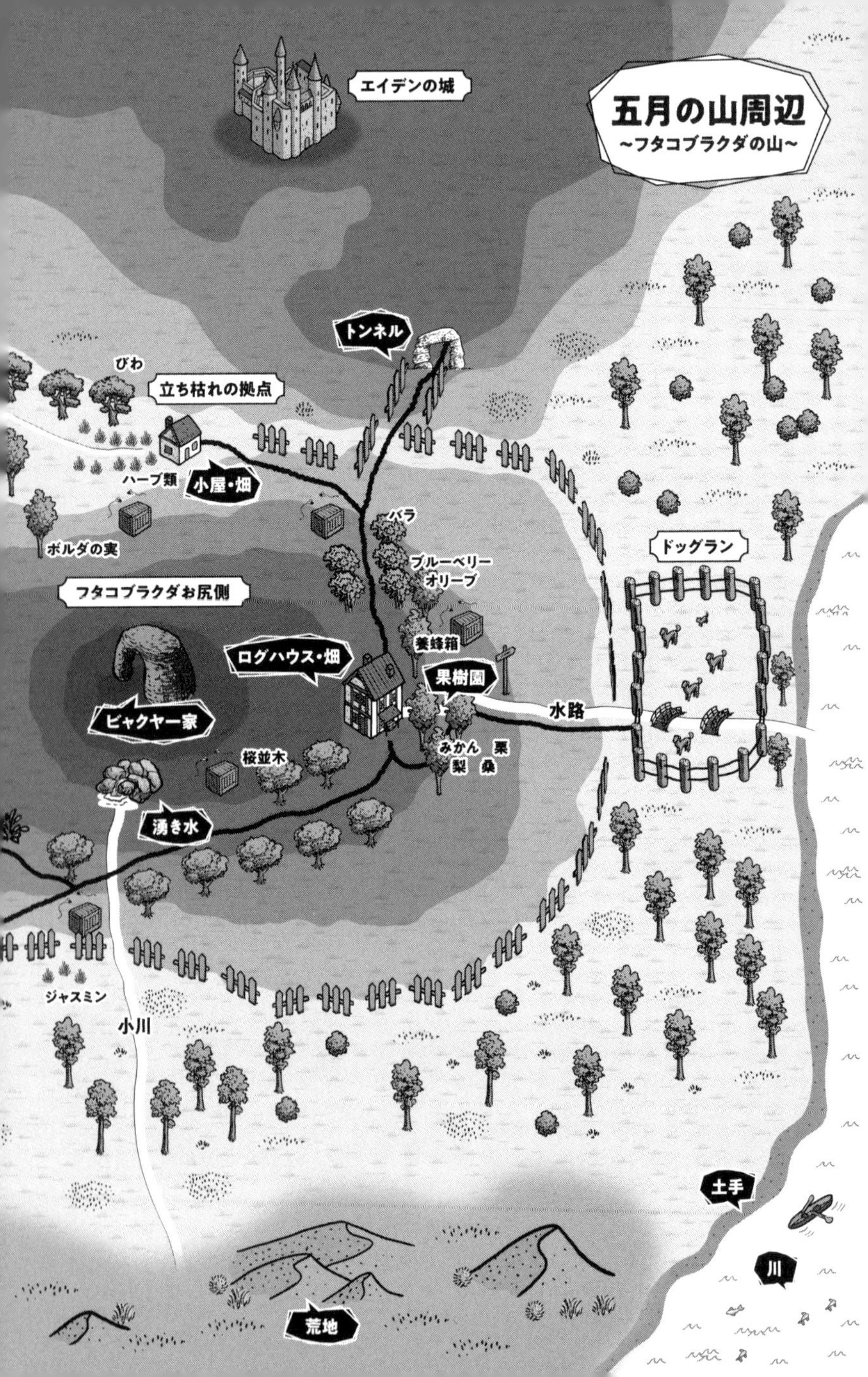

五月の山周辺
~フタコブラクダの山~
エイデンの城
トンネル
びわ
立ち枯れの拠点
ハーブ類
小屋・畑
バラ
ボルダの実
ブルーベリー
オリーブ
ドッグラン
フタコブラクダお尻側
養蜂箱
ログハウス・畑
果樹園
ビャクヤー家
水路
みかん 栗
梨 桑
桜並木
湧き水
ジャスミン
小川
土手
川
荒地

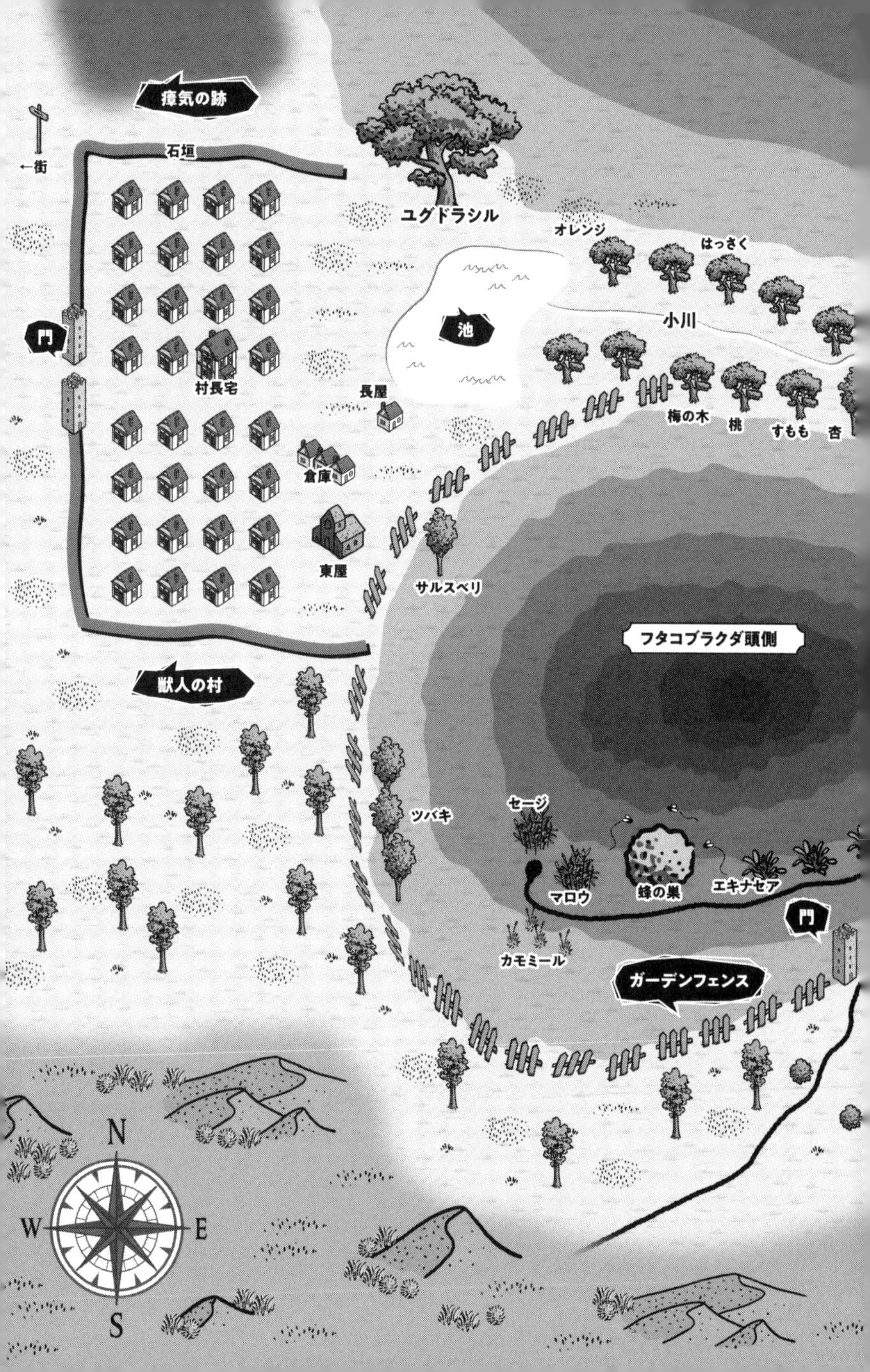

瘴気の跡
石垣
←街
門
村長宅
長屋
倉庫
東屋
獣人の村
ユグドラシル
オレンジ
はっさく
池
小川
梅の木
桃
すもも
杏
サルスベリ
フタコブラクダ頭側
ツバキ
セージ
マロウ
蜂の巣
エキナセア
門
カモミール
ガーデンフェンス
N
W
E
S

これまでのあらすじ

格安で異世界の山を買って、ついにはソロキャンからログハウスを建てて山暮らしを始めた望月《もちづき》五月《さつき》。

フェンリルの血をひくホワイトウルフのビャクヤ一家と出会い、古龍《コリュウ》から預かった卵から生まれたチビドラゴンのノワールや、山に棲《す》む精霊たちと一緒に、山のメンテナンスや果樹を植えたりと、のんびり山の生活を満喫していた。

魔物によって瘴気《しょうき》で穢《けが》れた、山の裏手の土地を整備している最中に、物騒な第一異世界人に遭遇して、慌てて山の守りを固めるはめに。

そんな中、ビャクヤたちが物騒な連中を調べていくと、人攫《さら》いに攫われた子供たちを発見。彼らを救出することになる。

助けられたのは狼獣人《おおかみじゅうじん》の、ガズゥ、テオ、マルの三人の子供と、貴族のご令嬢のキャサリンに、メイド見習いのサリー。

子供たちの面倒をみながらも、山の生活を満喫していたところに、巨大な黒い古龍、エイデンがやってきた。人の姿になるとかなりのイケメンなのに、どこか残念感がぬぐえないエイデン。

穏《おだ》やかな日常、とはかけ離れているものの、五月《さつき》は異世界の山暮らしを仲間たちと一緒に楽しんでいる。

一章

子供たちとの別れ

子供たちを保護して約二週間。すっかり季節は夏である。

エイデンに懐《なつ》いたガズゥら獣人の子供たちは、彼と一緒に狩りに行っては、色んな魔物や獣を獲ってくる。あんな小さい子たちなのに、と心配するのは余計なお世話なようだ。

一方のキャサリンとサリーは、さすがに一緒に狩りには行かないまでも、少しはエイデンに慣れたようで笑顔で挨拶《あいさつ》するくらいにはなっている。

今日エイデンたちが狩ってきたのは、少し小さめのフォレストボア。他にも大きめな鳥っぽいのも狩ってきたようで、解体済みのお肉を、嬉《うれ》しそうに持ってきた。

そして皆の期待に沿《そ》って作る今日の夕飯は、フォレストボアのローズマリー焼きと、鳥肉と白ワイン、タイムを使った煮込み料理だ。

料理の場所は、山裾《やますそ》にエイデンが建ててくれた大きい東屋。

ちなみに、東屋の周辺はエイデンによって綺麗《きれい》に整地され、周囲には綺麗な石積みの塀まで作ってある。その上、立ち枯れの結界の場所から、ここまでの道まで整備してくれたおかげで、歩きやすい。

最初は私の敷地じゃないいんだけど、と思ったけれど、この山に住んで半年以上経《た》っても、誰《だれ》にも

I Bought a Mountain
Living in another world isn't bad either.

何も言われていないのでまぁいいか、と考えるのを放棄した。

「おお！　いい匂《にお》いだ！」

嬉しそうに厚切りのフォレストボアの肉に食らいついているエイデン。ナイフで切らずに、一気にかぶりついている。

この前、エイデンがくれたソースも悪くはないが、こっちのハーブと一緒に焼いたのもいい！

子供たちも嬉しそうに食べている。

「ちゃんと野菜も食べなね」

「うんっ！」

子供たちがいることもあって、何度もあちら《日本》に買い出しには行けないので、今はログハウスの畑でキュウリやピーマン、トマトにナスも植えている。一応、土の精霊に成長ペースを落としてもらっていても、普通のものよりも早いし、大きい。

美味《おい》しそうに食べている子供たちの顔を見る。皆、最初に出会った時のような、暗い顔もなくなり、しっかり体に肉もついてきたようだ。

女の子組も薄っすら日焼けをしているが、貴族の女の子としては、まずいだろうか。日焼け止めや化粧水をつけてあげたほうがいいのか悩む。

「今日はどこまで行ってきたの？」

美味しそうに肉を頬張《ほおば》っていたガズゥに声をかける。

「んぐっ、きたのやまのほうだよっ」

子供たちが必死に食べている様子を見ながら、エイデンの方へと目を向けると、彼が一瞬遠くを見たのに気が付いた。

「何？」

「ん？　そろそろ、キャサリンの家の者が、ここに来そうだな、と思って」

エイデンが、ポツリと呟いた。

「まだ少し遠いようだが、大きな馬車がこちらに向かってくるのを感じる」

「え、本当⁉」

「大きな魔石を使った魔道具を載せているようなんでな。普通の馬車だったら、さすがにわからん。かなりのスピードで真っすぐにこっちに向かっているようだ。こんなものに乗るのは、貴族か大商人くらいだろう。そうなると、キャサリンの迎えじゃないかと思うんだがな」

それも、大きな馬車の他に、護衛のような者たちも数人付いているらしい。

「んっ⁉　お、おむかえがくるのですか！」

鳥肉を頬張っていたキャサリンが、驚いたように声をあげる。

「たぶんな」

「え、やだ、ちょっと、ちゃんとお迎えしないとダメなんじゃ？」

「大丈夫だろ？」

「いやいやいや、キャサリンの家、お貴族様なんだし、そういうわけにもいかんでしょ」

今の彼女たちの格好は畑仕事がしやすいように、半袖《はんそで》のTシャツに女の子用のひざ丈のズボンだ。

髪の毛も、黒いゴムでポニーテールにしてるだけ。

「あとどれくらいで来そうなの？」

「うーん、あのスピードだと、あと二時間もすれば来るぞ」

「時間あんまりないわね」

さすがに畑仕事後の汗をかいたままの状態で会わせるのもどうかと思ったので、急いで食事を終わらせる。

片付けは男の子組に任せて、キャサリンたちをすぐに、立ち枯れの拠点にある風呂《ふろ》小屋へ向かわせた。

二人とも今では一人で風呂に入れるようになり、キャサリンはサリーに対してすっかりお姉ちゃんモードだ。

「よし、今のうちに、着替えを探さなきゃ」

慌てて長屋の女の子部屋に入って、着替えを探し始めた。


『五月《さつき》～、そろそろ見えてくるぞ～』

長屋でキャサリンたちの格好を整えていると、結界の外にいるはずなのに、エイデンの声が聞こえてきた。この前の念話とは違う。普通に声が聞こえてきたのだ。拡声器もなしにこれって、どんだけ大きな声してるのだろう、

「もう、そんな時間⁉　まずい。キャサリン、サリー、大丈夫？」

着ているドレスは、稲荷《いなり》さんの奥さんが用意してくれたものだ。獣人の子供たちの服以外にも、こちら《異世界》の女の子が着るドレスと靴も用意してくれた。サイズ感もぴったり。

キャサリンは、淡いピンクに、さし色にレモンイエローが入ったドレス。白いパニエでふんわり膨らんでる。あちら《日本》では七五三でもなければ着ることもなさそうな服だ。サリーの方は黒いワンピースにふりふりのレースがついた白いエプロンで、まさにちびっ子メイド。

二人の髪をあちら《日本》で買ってきた、お揃《そろ》いのピンク色のシュシュで一つにまとめる。

「もう、可愛《かわい》すぎるっ！」

私の叫びに二人とも、少し照れたような笑顔。

余裕があったら絶対スマホで写真を撮りたいところだが、そんな時間はないので、二人に靴をはかせると、急ぎ足でエイデンのところに向かう。

エイデンのそばまで行くと、彼の言葉通り、少し遠くに土埃《つちぼこり》を舞い上がらせた何かがこっちに向かっているのが私でもわかった。

キャサリンたちはソワソワしながらも、期待に溢《あふ》れた目をしている。

「な、なんか、凄い勢いでくるね。馬車って、あんなに土埃、舞うもの？」

「わたしも、はじめてみましたわ」

「……」

エイデンの言う通り馬車なのだろうけれど、その馬車本体がかなり大きく見える。どうも、その後方には、馬に乗っている人たちが数名追いかけているようだけれど……土埃、大丈夫なんだろうか。

　そんな私の心配をよそに、馬車の窓が開き、茶色い髪の中年男性が身を乗り出した。

「……！」

　必死になんか叫んでいるようだけど、馬の蹄《ひづめ》の音や馬車の車輪の音で聞こえない。

「キャサリン、あの人は？」

「……ぞんじません」

「えっ……じゃあ、もしかしてサリーちゃんのお身内とか？」

　確か稲荷《いなり》さんが、彼女の肩にはＧＰＳが付いてるって言っていた。

「わたしもしらないひとです」

　二人とも困惑気味に答えた様子《ようす》に、どうしたものかと迷っているうちに、馬車が近くまで来て止まった。馬車から中年男性が飛び降り、私たちの方に駆け寄ってくる。見るからに地味な格好で、貴族って感じはしない。あんな立派な馬車に乗っているのに。

「キャサリンッ！」

　男の人の声に、びくりと身体を震わせ、二人が私の背後に隠れた。そんな大声で知らない人に叫ばれれば、私だって恐い。

「まったく」

　エイデンの呆《あき》れたような声が聞こえたので、彼を見上げる。

　何？　と問いかける間もなく、指パッチンするエイデン。

「あっ！」

今度はキャサリンが驚きの声をあげた。

視線を前に向けると、駆け寄ってくる男の姿が、まったくの別人に変わっていた。

――誰、あのイケメン⁉

地味な服装は変わらないけれど、洋画に出てきそうな、ド定番な金髪に青い目に整った顔。

「おとうさまっ！」

そう叫ぶと同時に、キャサリンは駆け出していた。

まさか、キャサリンのお父さん、エクスデーロ公爵本人が迎えに来るとは思いもしなかった。


私たちは先ほどまで食事をしていた東屋にいる。すでに肉の匂いがしないのは風の精霊たちのおかげかもしれない。

冷えた麦茶をプラスチック製のコップに入れて、座っている公爵の目の前に置いた。透明で軽く柔らかいコップが珍しいようで、しげしげと見ていたが、すぐにこちらへ目を向ける。

「娘たちを助けてもらったそうで、感謝する」

「いえいえ、そんな！　公爵様、頭を上げてください！」

深々と頭を下げる公爵に、私も慌ててしまう。

公爵たちは、やはりサリーのＧＰＳに当たる魔石の反応をずっと探していたのだそうだ。ちょうど私たちが彼女たちを助け出した時に、ようやく捉《とら》えることができた。それが彼女たちが誘拐されて一週間ほど後だったそうだ。

それがわかってすぐにでも探しに行きたかったのだけれど、色々あって難しかったらしい。その色々が何か聞いてみたいところだけど、公爵の背後に立っている御者の男性の鋭い視線に、空気を読んだ私は大人しく口を閉ざしておいた。

今、一緒に来ているのも、執事の一族（サリーの親戚）たちのみ。公爵自身も今回の誘拐の黒幕に監視されている可能性があったので、見た目の似ている弟を影武者に置いて探しに来たのだそうだ。

公爵の隣には目を真《ま》っ赤《か》にしたキャサリンが、ずっとぐすぐすしながら座っている。

そしてサリーは、御者の中年男性の足にしがみついている。その男性がサリーの叔父に当たるらしい。

「うちのホワイトウルフたちが気付いたおかげなので……」

「……貴女はテイマーなのか？」

「えーと？」

「テイマーとは、動物などを操《あやつ》る職業のことをいうんだ。五月《さつき》にはビャクヤたち従魔がいるのだから、テイマーといえるんじゃないか」

背後に立っていたエイデンがこっそり教えてくれたので、私はなんとか笑みを浮かべるだけにする。職業と言えるほどのものでもないと思うんだけど。

「素晴らしい。あのような高レベルの魔物を従えるとは」

「あ、あはは」

「おとうさま、ほんとうにサツキさまにはおせわになったのです」

空笑いで誤魔化《ごまか》している私をよそに、キャサリンは一生懸命父親に自分たちの当時の境遇を説明した。その必死な様子に、公爵はうんうんと頷《うなず》いている。

「ホワイトウルフたちとともに、サツキさまがたすけてくださらなければ、わたしたち、いまごろ……」

「なんと……」

キャサリンの言葉に真っ青《さお》になった公爵は、隣に座っていたキャサリンを再び抱きしめた。サリーも叔父さんに抱き寄せられている。

「……この子は、私の父、この子の祖父の元へ行く途中に襲われたらしいのだ。普段は、魔物も盗賊も出ない、安全な道のはずだったのだが……」

「なんで、キャサリンちゃんが……あ、キャサリン様が？」

キャサリンを「ちゃん」付けで呼んだら、御者にまた睨《にら》まれた。

「この子は、王太子殿下の婚約者でな……それで狙《ねら》われたのかもしれない」

——貴族のゴタゴタとか、怖すぎるんだけど。

しかし、そのためにキャサリンたちが狙われるなんて理不尽だ。この世界の貴族あるあるというものなのだろうか。

絶対関《かか》わりたくない、とは思うものの、キャサリンたちはそういう厄介《やっかい》な場所に戻ることになる。

私でも何かできることはないだろうか、とは思ってしまう。

「とにかく、キャサリンたちが無事でよかった。早く屋敷に戻ろう。エリーゼもお前のことを待っている」

「……おかあさま」

泣きやんでいたキャサリンの目に、再び涙が浮かんでくる。

確かに、早く戻らせてあげたいところではあるが、もう日が暮れかけている。

「あの、もしよろしければ、一晩、ここでお休みになってから戻られたらいかがですか？ ずっと馬車で移動してきたのだろうから、まともに休めていないだろう。ここであれば、ホワイトウルフたちがいるし、滅多なことがないかぎり、魔物も襲ってこない。

「ありがたい話ではあるが……」

「公爵様、護衛の方々もお疲れのようですし」

完全に忘れていたのだろう。私の言葉で、公爵はハッとした顔になった。

「すまん、デイビー、かなり無理をさせていたのだったな」

「いえ、旦那様、我らであれば大丈夫です」

サリーの叔父さんは無表情に答えているけど、顔色はよくない。護衛の人たちだって、埃塗《まみ》れのはずだ。

結局、彼らはここで一泊してから戻ることになった。であれば、ちゃんと休んでいただかねば、と思ったら、あの馬車は宿泊できるようになってるそうな。所謂《いわゆる》、キャンピングカーのようなモノだろうか。さすがにお風呂はないようで、今まではサリーの叔父さんが全員分、『クリーン』という洗浄魔法をかけていたそうだ。

であれば、お風呂に入ってもらうのがいいだろう。

「エイデン、またお肉、頼んでもいいかしら」

「おお！　かまわないぞ！　ガズゥ、テオ、マル、行くぞ！」

私のお願いが嬉しいのか、超ご機嫌な笑顔を浮かべ立ち上がるエイデン。ずっと大人しく、東屋の外で隠れていた獣人の子供らに声をかけると、一緒に山の方へ駆け出して行く。

「す、すまない」

「いえいえ、少し用意いたしますので、よろしければ、お子様たちとお話でもどうぞ」

「サツキさま」

「キャサリン様、せっかくです。ここで体験したことを、お父様にお話ししてみてはどうです？」

「ええ！　わかったわ！」

嬉しそうな女の子たちの顔を見て、私も笑顔になる。

お肉はエイデンたちに任せたので、私は野菜類を用意しよう。その前に、お風呂か。立ち枯れの拠点のところにあるお風呂をこっちに持ってきて、使ってもらうのが一番だろう。

私は小走りに結界の中の方へと向かった。

狭いお風呂ではあったものの、公爵様ご一行は久々の入浴だったようで、かなり満足してもらえたもよう。お風呂の使い方は、キャサリンたちにお任せ。得意げに説明している姿は、こっちもニヤニヤするほどだった。

食事に関していえば、エイデンたちが狩ってきた大柄なフォレストボアに歓声があがったのは言うまでもない。あの短時間でとか、子供を連れてだぞとか、護衛の人たちの声を聞いて、ちょっとだけエイデンの鼻が高くなったのは仕方ないと思う。

フォレストボアの焼肉も人気だったが、子供たち用に買っておいたロールパンは、柔らかさに感嘆の声があがり、まだ残っていた鳥肉の白ワイン煮込みと追加で作ったトマトベースで作ったミネストローネ風のスープもすぐに無くなってしまった。

大体において、つつがなく、和やかな空気で終わったと思う。

ただ、若干、サリーの叔父さんの視線が気にはなった。ガズゥたちが同じテーブルの端に座って食べていたのが気に入らなかったようだ。でも、エイデンが親しくガズゥたちと話している様子を見て、言葉にはしなかったみたいだ。

そして食後に公爵様からお礼にと、何やら重い革袋を、サリーの叔父さんから渡された。大きさでいえば、私の片手に乗るくらいだけど、それにしてもだいぶ重い。もしかして、と思って中身を見ると、金色ににぶく光る硬貨がいっぱい。

「いやいや、こんなにいただくわけには」

「いえ、これは是非に受け取っていただきたく」

そう言ったのはサリーの叔父さん。まさに有無を言わせずって感じで恐い。

「おい」

エイデンの冷ややかな声に、サリーの叔父さん、急に顔色が青ざめてる。

「あー、はいはい。ではありがたく受け取ります！」

背後にいた護衛の人たちまでも顔色が悪くなっている。

――エイデン、何かやった？

私がじろっとエイデンの方に目を向けると、ニコッと笑顔を返してきた。

食事の後片付けはガズゥたちと一緒にやるからと、キャサリンたちは公爵様の馬車で休ませることにした。中がどうなっているのか非常に気になったけれど、そこは我慢した。

一応、馬車は結界の外に停めてあることもあって、ホワイトウルフたちに様子を見てもらうようお願いして、片付けを終えると私は自分のログハウスに戻った。

明日にはもう出て行ってしまう彼女たち。

「プレゼントになるような物あるかな……でも長時間の移動になるのよね」

私はうんうん唸《うな》りながら、『収納《しゅうのう》』の中に溜《た》め込《こ》んでいる物たちを見つめた。


翌朝、目の下に大きなクマを作った私の手には、パンパンに膨れ上がった、少し小さめな袋タイプのリュックが二つ。

去年の冬の初めに、手慰《なぐさ》みにと安そうな布を色々と買い込んでいたのを掘り出して、夜なべして作った。さすがにミシンのような丁寧な縫い方にはなってはいないが、じっくり見なければ、まぁ、なんとかいけるだろう。

キャサリンにピンク系、サリーに黄色系のパッチワーク柄。口を引っ張る紐《ひも》の先には、ホワイトウルフの毛でできた白いボンボンが付いている。このボンボン、自分の不器用さを痛感させられる出来だけど、そこは許してもらおう。

リュックの中には、移動中に食べられるようジッパー付きのビニール袋（大）に、個包装の飴やクッキー、あちら《日本》のスーパーで買ったリンゴとマンゴーのドライフルーツを入れた。チョコレートも考えたけれど、季節柄、ベトベトになりそうなので諦《あきら》めた。

それに私の手作りブルーベリージャム。しっかり熱湯消毒した小さめのガラス瓶《びん》（市販のジャムの瓶の再利用）に入れてある。

朝食の後、キャサリンたちにリュックを渡した。ちょっと重いかなと思ったけれど、二人とも嬉しそうに受け取ってくれたので良しとする。

満足そうにリュックを背負った二人が公爵様たちに見せびらかしている様子に私も笑みを浮かべる。

「キャサリン様、サリーちゃん」

私の声に、振り返った二人が駆け寄ってくる。私は二人に左手首を差し出してもらうと、これも冬の手慰みで作ったミサンガをつけてあげた。あちら《日本》の刺繍糸と、ビャクヤたちの毛で作った毛糸をベースに作ったものだ。さすがにマフラーやらセーターを編めるほどの毛糸の量を紡《つむ》ぐ根気はなかった。それでも、ミサンガにはちょうどいいくらいの長さにはなっててよかった。

そして長屋に置いてあった洋服やビーチサンダルは風呂敷《ふろしき》代わりの大きな布でひとまとめにして入れた。他に、自分用に買っておいていた防犯スプレー二本と蚊取り線香。使い方はキャサリンがわかっているからと言って、サリーの叔父さんに渡した。

「気を付けて帰るのよ」

「……またきてもいいですか？」

キャサリンが、泣きそうな顔になりながら聞いてきた。

「そうねぇ……公爵様がいいと言ったらかな」

「それならだいじょうぶ！　ぜったい、ぜったい、せっとくするわ！」

ギュッと両手を握りしめ断言する姿が可愛くて、思わず抱きしめる。

「さて、あとは、これ」

ジッパー付きのビニール袋にいっぱいのさくらんぼだ。ちゃんと洗ってある。ほとんど採り切っていたものを、ガズゥたちが早朝から探しまくったらしい。

誘拐されてからずっと一緒にいたガズゥたち。種族の壁を越えて仲良くしていた彼らだったけれど、公爵が来てからは、キャサリンたちと離されてしまったので、せめてこれだけでも、ということらしい。

キャサリンたちは嬉しそうにさくらんぼの入った袋を受け取ると、エイデンのそばにいたガズゥたちへと走っていって別れの挨拶をしているようだ。

「キャサリン、そろそろ行くぞ」

馬車の傍で待っていた公爵の言葉で、慌てて戻ってくるキャサリンとサリー。

「本当に世話になった。もし王都に来るようであれば、是非、我が家にも寄ってくれたまえ」

「そうですね……いつか、行くようなことがあれば。ああ、そうだ。ここから最寄りの町って、馬車だとどれくらいかかります？」

地図も何もないから、最寄りの町の情報が皆無。そういう情報を持っているまともな現地人は彼らが初めてなのだ。聞けるうちに聞いておかねば。

「……そうだな、この馬車で一日くらいだろうか。なぁ、デイビー」

「さようでございます」

公爵の馬車で一日であれば、軽トラなら半日もあれば着けるかもしれない。位置は彼らの馬車の進む方向でわかりそうだ。

ゆっくりと走り出した馬車の窓から身を乗り出して手を振るキャサリンに、私も手を振った。隣に立つエイデンも、偉そうに片手を上げている。様《さま》になるのが少し悔しい。

「……あ、あれ？　ガズゥたちは？」

「馬車を追いかけてったぞ？」

「え、ちょっと、大丈夫なの⁉」

正直、公爵以外の人たち（サリーの叔父さんと護衛）は、ガズゥたちへ向ける視線や対応がイマイチだった。そんな人たちの後を追いかけていくなんて、トラブルが起きそうな気がしてくる。

「ハッ、あの程度の人族相手に遅れはとるまいよ」

「いや、いやいや、戦うの前提⁉」

「なーに、心配することはない。ホワイトウルフたちも一緒に行ったしな」

「そうじゃなくて！」

「まぁまぁ。それよりも、畑の水やりはいいのか？」

「あ、う、うーん」

すでに、馬車は小さな点になっている。今更追いかけられるわけでもないし、これ以上私に何かできるわけでもない。私は小さくため息をつくと、立ち枯れの拠点へ戻ることにした。

＊＊＊＊＊

馬車の中で、公爵はキャサリンから渡されたさくらんぼをしげしげと見ていた。

「これ、すっごくあまくておいしいんです」

ニコニコと笑いながらパクリと口にするキャサリン。

――このような赤々とした小さな果実は見たことがない。

王国内の公爵家筆頭であるエクスデーロ公爵家には、各国の珍しい果物など、いくらでも手に入る。しかし、今、彼が手にしているような果実は見たことがなかった。

娘にならい、さくらんぼを口に含むと、甘さと同時に爽《さわ》やかな酸味が口いっぱいに広がり、驚きを隠せない。

ぽろりと口の中からハンカチへと種を取り出し、しげしげと見る公爵。

「あ、そのたねはとっておいてくださいね」

「これか？」

「ええ！　これでうちでもたべられるようにしたいのです！」

娘の嬉しそうな笑みに、つられて笑う。

「このさくらんぼ、おおきなきになるんです。わたくしはみられなかったのですが、はなのじきは、きがはなでピンクいっしょくになるんですって」

木の実となると、その実が生《な》るまで相当時間がかかるのが予想できる公爵ではあったが、娘を悲しませるかもしれないと、「そうか」としか言わなかった。

＊　＊　＊　＊　＊

立ち枯れの拠点でガズゥたちが戻るのを待っていたけれど、日が暮れても戻ってこなかった。

——まったく、どこまで見送りに行ったんだか。

ホワイトウルフたちが一緒だし、大丈夫だとは思うのだが、心配は心配だ。さすがに王都までついて行くなんてことはないだろう。仕方がないので私はログハウスに戻り、彼らの明日の朝食の下準備を終えると、手慰みを発動。ガズゥたち用のミサンガを作り始めた。キャサリンたちに渡している時、少し羨《うらや》ましそうな顔をしていたのがチラッと見えたのだ。

翌朝、早めに立ち枯れの拠点に行ってみると、ガズゥたちが長屋で寝ているのを見つけてホッとする。いつ頃戻ってきたのかわからないけれど、スーパーカブのエンジンの音に気が付かないくらい寝入っているようだ。

まだ寝ている彼らのために、朝食を作り始める。

昨夜、何か食べたのか心配だったので、いつもよりボリューミーな朝食にすることにした。

まずは、昨夜のうちに準備したパン生地だ。中に小さなチーズとハムと一緒に丸めた生地を、フライパンに詰め込んで焼くというちぎりパン。

それを焼き上げると、貯蔵庫にしまっておいたベーコンを厚めに切ってジュージューと焼く。私は一枚でも満腹になるのだけれど、彼らには二枚。目玉焼きも当然、一人二個。これに、うちの畑で大きく育ったトマトもカットして添える。ガズゥたちは丸齧《かじ》りするのが好きだが、ここはちゃんとくし切り。スープがインスタントのコーンスープなのは勘弁してほしい。

私には多すぎでも、彼らにはちょうどいいくらいだろう。

「おはよう」

最初に起きてきたのはガズゥだ。挨拶をすると私からタオルを受け取り、すぐに顔を洗いに池の方へと向かう。ちゃんと水飲み場を用意してあるのに、彼らはなぜかそっちに行ってしまうのだ。

その後すぐに、テオとマルが起きだして、ガズゥの後を追いかけていった。

立ち枯れの拠点の中にある小さめの東屋で、出来上がった朝食にかぶりつく子供たちの姿を眺めながら、私はちぎりパンをつまみつつ、インスタントコーヒーを飲む。

「そういえば、昨日はどこまでついてったの？」

「あ、きのうはいちばんちかいまちまでいってきた」

口の周りを脂でギトギトにさせながら話すガズゥ。

「なるほどね。護衛の人たちとか、大丈夫だったの？」

妙なトラブルに巻き込まれやしないかと、それが一番気になるところだった。

しかし、護衛たちは最後までガズゥたちに全然気付かなかったらしい。かなり距離を空けてついていったから、とも言っていたけれど、公爵の護衛は大丈夫なんだろうか。

公爵たちは移動に一日かかるとかいってたのに、なんとほぼ半日くらいで着いてしまったんだとか。ガズゥたちの気配に馬たちが怯《おび》えて頑張っちゃった、なんていうオチはないだろうか。

「あ、それとなんだけど」

「うん？　どうした？」

ガズゥが皿をテーブルに置くと、少しもじもじしながら言い出した。

「おれたちも、いえにかえれそうなんだ」

「えっ」

テオとマルも皿を置いて神妙な面持ちだ。

「キャサリンたちをまちまでみおくったかえりに、うちのむらのにいちゃんにあったんだ」

「は？」

ガズゥが言うには、その『にいちゃん』というのは、村の中でも狩りが得意なのを見込まれて、ガズゥたちの探索を任された一人なのだとか。彼以外にも数人がガズゥたちを探しに出ているらしい。

「え、じゃあ、村は大丈夫だったの？」

魔物が襲ってきたから逃げ出した、という話だったはずなんだけど。

「うん。じかんはかかったけど、せいあつできたんだって」

怪我《けが》人も多数出ていたが、幸いなことに死者は出なかったそうだ。しかし、そんな中、ガズゥたちの姿が見当たらなかったために、村の周辺を探すことになり、そこで多数の人の足跡や、少し離れた林の中に轍《わだち》が残っていたのが見つかったのだとか。

そのことから、ガズゥたちが誘拐された可能性が出てきて、本格的な捜索が開始され、今回、発見にいたったらしい。

「え、じゃあ、そのお兄さんは？」

「いちど、むらにもどるって」

――え、連れ帰らなくていいの？

誰と一緒にいるとか確認しなくてよかったんだろうか。

「にいちゃんひとりで、おれたちさんにんのめんどうはむずかしいからって」

「おれたちだけでも、だいじょうぶなのにな？」

「えいでんさまに、きたえられてるからね」

――いや、そのお兄さんの判断は正しいと思うぞ。

食事のこともそうだけど、ちびっ子の面倒……特に、下二人の面倒をみるのは大変だと思う。

その『にいちゃん』、一度、結界の近くまで来たらしい。でも、私が認めないと入れない。実際、『にいちゃん』も挑戦したけれど入れなくて、でも子供たちが自由に出入りできることを確認したので安心して村に戻ったそうだ。

「どれくらいで迎えに来るのかしら」

キャサリンたちの時には、今ある物をお土産として渡すしかなかったけど、時間があるんだったら、色々と考えて用意してあげたい。

「どうだろう」

「でも、すげー、あしがはやいんだ！」

「はやいんだ！」

テオとマルの言葉では予想がつかないけれど、いつでも帰れるように、色々と準備をしておいたほうがいいかもしれない。

――ガズゥたちがいなくなると、寂《さび》しくなりそうだなぁ。

ちょっとだけ、ほんとにちょっとだけ、そう思った。

＊　＊　＊　＊　＊

曇天《どんてん》の下、荒野を走る一人の狼獣人。ガズゥに『にいちゃん』と呼ばれた男だ。彼の鋭い目は前しか見えていない。

――ガズゥ様が生きておられた！

その事実に、口元が緩む。

テオとマルも無事だったし、その上、魔物であるホワイトウルフたちに守られていたことは予想外だった。子供たちに近寄っただけで、あっという間に囲まれてしまった時には血の気が引いた。下手をうったら死んでいたかもしれない。

そして、ガズゥたちが身を寄せているという場所の不思議なこと。なぜか見えない壁に阻まれ、ガズゥたちと離されてしまった。すぐにガズゥたちは彼のところに戻ってきたけれど、誰でも入れる場所ではないのだろう。

世話になっているという女性に会えなかったのは残念だが、あの場所であれば、再び、人族に攫《さら》われることもないはずだと男は強く思った。

――早く、ネドリ様にお伝えせねば。

黒狼族《こくろうぞく》の村長であり、村人たちから敬われているガズゥの父親を思い浮かべると、男のスピードは一段と早くなった。

＊　＊　＊　＊　＊

今日も訓練を兼ねた魔物狩りに、エイデンが子供たちを連れて出かけて行った。

キャサリンたちがいなくなった立ち枯れの拠点は、鳥の鳴き声と風の音しかしない。

――一気に静かになっちゃったなぁ。

そう思いながら、立ち枯れの拠点の畑の野菜やハーブ類の水やりをする。土の精霊たちのおかげで、いい調子で成長している。ログハウス周辺のような、馬鹿《ばか》早い成長具合ではない。ちなみに、果樹園あたりも、ログハウスに近いからか成長速度が早い。ブルーベリーと桑の実以外は、まだ実を生《な》らせてはいないけれど、近々、それなりに生る気がしている。（遠い目）

水やりをしながら、ガズゥたちへのお土産について考えていた。

最低でもキャサリンたちと同じものは用意してあげたい。となると、リュックは作る。ミサンガは昨夜二本作ったので、あと一本残っている。お菓子とドライフルーツはもうないから買い出しに行かないとダメだ。

「あ、ジャムもない」

あんなにあったブルーベリーも、美味しくてついつい食べつくしてしまっていた。

「そうだ。こんなにハーブがモリモリに育ってきたし、ハーブを使って何かできないかしら」

ラベンダーはドライフラワーにし始めたばかりだ。他のハーブ（オレガノやタイム、ローズマリー等）も乾燥させて、何かにできないだろうか。

「うーん、ハーブソルトとかどうかな。あの子たち、お肉好きだし……そうだ、お肉。ハムとか燻製《くんせい》ってできないかな」

村まで帰るのに必要な食料も、ある程度用意してあげてもいいかもしれない。そういえば、お湯で戻すアルファ米が、手作りできるって何かで見た覚えがある。

「公爵たちみたいに、宿に泊まったりしないで野営しそうだしなぁ」

キャンプ道具みたいな物を一式渡すのもいいかもしれない。そういえば、私が使わないからといってガズゥに渡したナイフがそのままだ。私よりも上手に使っているから構わないけれど。

「テオとマルにも、小さな万能ナイフとかあげてもいいかもしれない」

どちらにしても、一度、あちら《日本》に買い出しに行かないとダメだ。ついでに、稲荷《いなり》さんにもキャサリンたちが帰ったことを報告しておこう。

でも、これから行くには、ちょっと遅い。

「うん、じゃあ今日はドライハーブ作りに勤《いそ》しみますかね」

私は『収納《しゅうのう》』に如雨露《じょうろ》をしまって、代わりにガーデニング用のハサミを取り出すと、モリモリに茂ったローズマリーへと目を向けた。

翌日、さっそくあちら《日本》に買い出しに向かった。

朝から出かけるので、ノワールがぶつぶつ文句を言っていたが、自分は最近すっかりエイデンと一緒に行動しているくせに、と言ったら、しょんぼりしながらも見送ってくれた。

まずはホームセンターへ向かう。

今回の一番の目的は、燻製用の道具一式だ。百均などでも売っているらしいけれど、長く使う可能性も考えて、ちゃんとしたのを買うつもり。

「へぇ……思ってたより安いかも」

安いのだと二千円くらいからあるようだ。初心者には優しいお値段だ。しかし、安かろう悪かろうではないけれど、もう少しいいモノが欲しい。結局、約五千円の金属製の燻製器を買った。ガスコンロでもできるらしい。

他にもガズゥたちがハーブソルトを持ち帰れるように、プラスチック製の容器を手に取った。キャサリンたちの時は馬車の移動ということもあったのでガラス瓶に入れたけれど、ガズゥたちは、なんとなく徒歩のイメージがある。狩りをしながらの移動だと重かったり、最悪割ったりしそうだ。

そして、リュック用の布も、丈夫そうな生地を探す。帆布《はんぷ》あたりがいいんだろうか。あんまり派手な色だと、山の中で目立ちそうで、逆に危険だったりするのだろうか。ミリタリーグッズとかの迷彩柄なんかがいいかもしれない、と思って探してみると、運よく見つけることができた。ミシンがあると便利なんだろうなぁ、と思ってミシンを見に行くとなかなかのお値段だったので、今回はやめておいた。

他にも、安いタオルをまとめ買いしたり、マルとテオのための万能ナイフ、ソーラー充電タイプの折り畳みできるLEDライト、傷薬用に大きめな塗り薬を買った。

あんまり買いすぎても、あの子たちがちゃんと持ち帰れるかわからない。まずは、リュックを作ってみて、詰め込んでみよう。余裕があるなら買い足せばいい。

今度は食品を買うために、スーパーへ向かう。

私一人だった時は、そんなに多くの量を買っていなかったので、子供たちがいる間にストックしていた物がだいぶ減ってしまった。その補充も含め、ガズゥたちに色々作って渡してやりたいと思い、あちこち見て回ってしまう。

ハーブソルトのための1キロ袋の塩をカートのカゴに入れる。それに、パン専用の小麦粉は2キロ。それに米を10キロ。

お菓子には子供たちがお気に入りのミルクキャンディー、これは三袋。それにマンゴーのドライフルーツ。ちょっと高いけれど大袋で買う。バナナチップスもいいかもしれない。

普通に自分一人のキャンプだったら、インスタントラーメンも買うところ。せっかくなので、ガズゥたちにも買って食べ方を教えてもいいかもしれない。ショートパスタやコーンスープなど、お湯で何とかなりそうな物をカゴの中へと入れていく。

色んな食材に目移りしながら、私はスーパーの中を歩き回った。

買い出し終了後、お昼を食べに久々にファミレスに寄ることにした。ついでに、ネットの情報をチェックだ。あちら《異世界》では、ネットがなくてもなんとかなるといえば、なんとかなる。しかし、燻製やアルファ米の作り方等は、なんとなくしか覚えていないので、こういう時に情報を得ておかないと、と思う。

食事を終えると、今度は稲荷《いなり》さんの元へ。キャサリンのお迎えがあったことと、ガズゥたちも近々戻ることを伝えると、稲荷《いなり》さんも少しホッとしたようだった。

ログハウスに戻ると、私はさっそくリュックを作り始めた。

キャサリンたちに作ってあげたのは生地が柔らかかったけれど、今回のは厚めの生地のために、少し手間取ってしまった。

彼女たちのと違うのは、表側に大きめなポケットを付けたこと。これなら、万能ナイフや小さなタオル等を入れておけるし、取り出しやすいだろう。

最初の一つだけ、なんとか出来上がった。縫い目もまだ荒々しいところがあるけれど、普段使いには耐えられそう……ガズゥたちの普段では難しいかもしれないけど。

キャサリンたちのリュックには、ホワイトウルフの毛で作ったボンボンを紐の先に付けた。しかし、ガズゥたち男の子はそういう可愛いのは嫌がるかな、と思ったのと、思いっきり汚しそうなので、付けるのをやめた。

『五月《さつき》、夕飯まだ～？』

リュックの出来上がりをチェックしていたところに、ノワールの声が外から聞こえてきた。もう、そんな時間なのか、と慌てて窓を見ると、外はずいぶんと赤くなっていた。

急いでいくつかの食料を『収納』して、ログハウスを出る。

『荷物は～？』

「持ってるわ」

ドアの前で待機しているノワールは、私の肩くらいまで大きくなってきていて、もう私のほうが抱っこなんかできない。むしろ、今では姫抱っこされるほうだ。

ミ〇ラみたいに可愛かった姿はどこへいった。顔つきも……ゴ〇ラちっくに変わってきている。

『んじゃ、飛ぶねぇ～』

暢気《のんき》な声でそういうと、私の返事を待たずに、私を抱きかかえて飛び立つノワール。

――た、確かにバイクで移動するよりも、便利だけどさぁ……けっこう怖いんだけど！

実は、まだ数回しか飛んでないので慣れない。いや、慣れることがあるんだろうか。

眼下には、ドローンでさえ確認することができなかった、私が買った山が広がっている。フタコブラクダのお尻《しり》部分しか開拓してなくて、前方は未開の土地だ。と言っても、ガーデンフェンスの結界のおかげで、新たな魔物は入れないらしい。

エイデンが建ててくれた大きな東屋が見えてきた。

「え、何、あれ」

その東屋よりデカい、猪《いのしし》らしき生き物が、横たわっている。その上でぴょんぴょん飛んでいるのは……テオとマルか。

「また、ずいぶんとデカいのを……」

あれ、ちゃんと解体してくれるんだよね、と、ちょっとだけ気が遠くなった。

肉の塊《かたまり》は見慣れたが、毛皮付きのアレをまともに見たのは初めてかもしれない。いつもならエイデンが解体した後の肉をくれるのに、今回はガズゥたちが解体前の状態を、私に見せたかったらしい。

今までも肉の塊になっているのを見ては、元は牛くらいの大きさはあったんだろうなぁ、とは思っていた。しかし、アレはデカすぎだ。

皆で東屋での夕飯を終えて、目の前に残っている山ほどの肉に呆れてしまう。ホワイトウルフたちへのお裾分《すそわ》けをしても余るくらいって、どうなんだろう。それでも、残った肉には使い道がある。

燻製だ。


翌日、東屋のテーブルに並べてあったのは、エイデンに薄切りにしてもらった肉。半生な状態でうまい具合に乾燥していた。風の精霊たちが、いい仕事をしてくれたようだ。しかし、その量にちょっと遠い目になる。

五千円の燻製器で、あの量全てはこなせない。

ログハウスの前にミニテーブルを置いて、ガスコンロの上に燻製器をセット。その横では焚き火の上でフライパンも稼働。中にチップを敷いたその上に金網を置いて、肉を燻製していく。

「うーん！　この香り、たまんないね」

一応、燻製用のチップは一番身近にある桜だ。モリモリに育っている桜の枝をガズゥたちに切ってもらい、サクッと風の精霊に乾燥をお任せ。その上、サンプルのチップを見せたら、同じように細かくしてくれた。今、道具小屋の中には、桜のチップが山積みされている。

途中からはフライパンでやるのにも飽きたので、他は燻製器に任せた。

それでも残った肉は、ジッパー付きのビニール袋で保存中。暑くなってきても貯蔵庫はかなり低温。そこにどんどん山積みにしている。大きいサイズの袋を買っておいて正解だった。

次はアルファ米作りだ。

土鍋で少し硬めに炊いたお米を、水洗い。フライパンで水を飛ばして乾燥させれば出来上がり。最初だけ、焚き火での火力が強すぎたせいか、焦《こ》げてしまったけど、それ以降は、うまく出来たと思う。

桜の木の枝を集め終えたガズゥたち。何をしているのか気になったのか、様子を見に来た。中でもテオが興味津々のようで、ついには私の代わりに米の入ったフライパンをふりだした。なかなか上手《うま》い。

『ねぇ、さつき？』

「うん？」

風の精霊が声をかけてきた。

『このおこめ？　わたしたちでもかんそうできるよ？』

「あ」

今更気付かされて固まってしまった。


燻製な日々を過ごして三日目。

身体に薫香《くんこう》がまとわりついている気がする。ちゃんとお風呂に入っているのに、煙臭《くさ》い。本気で、燻製小屋みたいなのを作って、一気にやっつけてしまったほうがいい気がする。

アルファ米に至っては、風の精霊のおかげで、あっという間に出来てしまい、テオががっかりしていた。こちら《異世界》に米ってあるのかわからないけれど、見つけたら自分でやってみたら、と言うと、かなりやる気になっていた。頑張れ。

　そんな私は、燻製待ちしながら、タブレットで『タテルクン』のメニューで『燻製《くんせい》小屋《ごや》』がないかをチェックしている。残念ながら『燻製小屋』は見当たらなくて、ドア付きの小屋を作るとかで代用するべきか？　と考え込んでいた。

「あれ？」

　ふと、画面上のバーにメールのようなアイコンが出ていることに気付いた。

　私はなんの通知だろうと思いながらアイコンをタップする。

「キターーーー！」

　目の前の画面に立て続けに表示されたメッセージ。

『「地図《ちず》アプリ」のダウンロードができます』

『「翻訳《ほんやく》アプリ」のダウンロードができます』

『「収納」のバージョンアップができます』

　――やっと、本当にやっと、だ！

　思わず、うふふとにやけてくる。

　私が気付いていなかっただけで、少し前から通知が来ていたようだ。

　中でも散々待っていた『収納』のバージョンアップ。今回でＭＡＸになるはずで、収納上限はなくなるし、時間経過も考えなくていい。そうなったら、ナマモノとかを保存するのに苦労しないで済む。冷蔵庫のように冷やして保存というわけにはいかないけれど、消費期限を考えないで済むのはありがたい。

それに『地図』も『翻訳』も、これから街に向かうことを考えると、かなり嬉しい。『地図』があれば、街の場所もわかるだろう。カーナビみたいだったらなおいいんだけど。

『翻訳』についていえば、イヤーカフで会話はなんとかなっても、文字に至っては、まだ見たことがないから、まったく予想がつかない。

「よしよし、一応、ダウンロードに必要なKPを確認っと……」

そう言って、ワクワクしていた私だったけれど、現実はそんなに甘くなかった。

「うげっ⁉　え、なに、これ。一つしか選べないじゃないのよっ！」

必要なKPがバカ高い。『地図アプリ』と『翻訳アプリ』はそれぞれ70万、『収納』に至っては100万。しかし、今の私の手持ちのKPは、100万を少し出たところなのだ。

ジッと画面を見ていると、画面上のKPの数値の下一桁《けた》が少しずつ増え、二桁目が変わった。

これは、精霊たちのおかげで自然増加しているということだろう。今まではその数値が動くのを気にしたことがなかった。こうして上がっていく数値を見て、それだけ精霊が増えてきているのかと実感する。

散々、ガーデンフェンスやら、長屋や東屋やら、と山や立ち枯れの拠点周辺に使いまくっていたけれど（一時期は千を切りそうになるくらいまで）、どうやら、いつの間にか、減少よりも増加のペースのほうが上回ったようだ。

「えーと、どうする？　どれを選ぶ？」

それとも一気に使えるようにするために、もう少し我慢するか。

「いやいや、それじゃ、いつまでたっても無理でしょ」

私は悩みに悩んで、結局、三つの中から一つを選ぶことにした。


見渡す限りの荒野。少し遠くに木の影が見える。振りかえれば、うちの山はもう小さくなっている。土煙をあげながら道なき道を走るのはうちの軽トラ。

私は、軽トラのハンドルを握り、新しくダウンロードした『地図アプリ』を使いながら、この世界で初めて、人が住んでいると思われる街へと向かっている。

本当は『収納』のバージョンアップにも心が惹《ひ》かれた。だっていくらでも入って、時間も止まっているなんて、買いだめした時に超便利。それに、たまにビャクヤたちが狩ってくる魔物も、保存ができるわけだ。

しかし、現状でも特別不便ってわけでもない。いつかは、という思いはあるけれど、緊急性がないのだ。

それは『翻訳アプリ』もそう。会話はイヤーカフでなんとかなっているし、単純に山で生活するだけだったら、文字に触れる機会はほとんどない。それに、ちょっとズルいかもしれないけど、エイデン頼みなところもあったりする。

「五月《さつき》、これは何で動いてるのだ？」

ワクワクした顔で隣の助手席に座っているのはエイデン。ちゃんとシートベルトは付けている。

しかし、身を乗り出して私の視界を遮《さえぎ》るのはやめてほしい。

彼の手には、私のタブレット。しっかり『地図アプリ』が立ち上げてある。最寄りの街まで、あと半分くらいだろうか。

この『地図アプリ』の地図の中央にあるのは、私の山。それも大きな山脈みたいなものの一部のようだ。山脈の西側の端っこだ。

よく見ると、私たちの山周辺が白抜き状態で表示されていることに気が付いた。これがいわゆる、聖域扱いされているということだろうか。近くには町や村はない。

この山の南側には大きな川が蛇行していて、この川にうちの湧《わ》き水《みず》が流れ込んでいる。川沿いには町や村はなさそうで、海も表示されていない。かなり内陸にあるようだ。

残念ながら、キャサリンたちの住んでいるはずの王都は、地図の範囲外なのか載っていなかった。ちなみに今向かっている街は、『地図アプリ』で見ると、画面の中でも西北側の端に載っている場所だ。

できるなら国境線とか、都道府県的な境界線も欲しいところ。しかし、せいぜい大きな街道と街が記されているだけ。バージョンアップでもう少し表示範囲が広がったり、情報が追加されることを期待したい。

「ちょっと、落ち着いてくれる？　邪魔されると、ハンドル、ミスっちゃうからっ！」

私の本気の怒りに、エイデンは肩をすくめて、外へと目を向ける。

軽トラに並走するのは、ガズゥたち。そう、並走している。（遠い目）

ホワイトウルフたちと一緒に走り回ってることを考えてみれば、相当な早さだと気付くべきだったのかもしれない。今の速度は40キロ。安全運転、大事。この世界で法定速度なんて関係ないかもだけど、こんな荒れた地面でこれ以上スピード出す勇気はない。

ちなみに、ホワイトウルフたちも一緒に走ってる。今日はユキとスノーも一緒だ。

ドンッ
「え、何⁉」

いきなり何かが荷台に乗ったような音がして、慌てて見回す。

「サツキさまぁ！　すごいね！」

マルが運転席の脇《わき》の窓から顔を覗かせてきた。

「うわっ⁉　やだ、マル、危ないってば！」

私は驚いて慌ててブレーキを踏んでしまった。

「うぉーっ⁉」

――ヤバいッ！

急に止まったものだから、マルの身体が前へと飛んでいく……けれど、くるりと一回転したかと思ったら、スタッと体操選手のように着地した。その姿に、一気に脱力。大きなため息が出る。

「サツキさま、あぶないよぉ」

「それは、こっちのセリフよっ！　いきなり車に乗らないいっ！　運転中に驚かさないでっ！」

運転席から身を乗り出して、マルを叱りつける。

「うんてんちゅう？」

「そう！」

そんな私をよそに、今度はガズゥたちが軽トラの荷台に乗って楽しそう。その上、ユキとスノーまで乗ってきたのだ。

この状態で街に乗り込むのは、ヤバすぎる気がしてきた。

軽トラは、やっと街道に入った。街道といっても、先ほどの荒野との違いは踏み固められているというだけ。馬車も人の姿もないのは、あまり利用されるような道ではないのだろうか。

しばらく進むと、ようやく荒地から草が増え始めた。遠くに見えていた木々もだいぶ近づいてきて、木陰で休めるくらいには増えてきた。

荒野では直射日光である上に、走り続けていた子供たち。さすがに暑かっただろうし疲れてきていてもおかしくはない。すでに二時間近く走っていたのだ。時々、軽トラに乗って遊んではいたものの、普通の人間だったら無理だ。

ちょっとした森も見えてきた。そろそろ、日陰で休んでもいいかもしれない。

「ここで休憩するよ～！」

街道から外れて、草地に乗り入れ、車から下りてみる。風がそよそよと吹いていて、だいぶ涼しい。

軽トラと並走してたガズゥたちも、ごろりと草の上に寝転んでいる。さすがに息があがったのか、と思ったら、全然余裕でホワイトウルフと一緒にじゃれあっている。

「ほらほら、今、シート敷くからどいて！」

私は『収納』からキャンプ用のビニールシートを取り出して広げると、テオとマルが我先にと寝転ぶ。

「ひんやり～」

「きもちいい～」

やっぱり、それなりに暑かったようだ。

「はい、これで水分補給して」

「は～い！」

大き目のペットボトル（再利用）にスポーツドリンクを作ってきて正解。プラスチックのコップに注《そそ》いだら、あっという間に飲み干してしまった。

「エイデンも飲む？」

「いただこう！」

ずっと助手席に乗ってたエイデンじゃ、あんまり美味しく感じないかもしれない。

「……うん、うまいぞ」

微妙な間の後の言葉に、エイデンでも気を使えるのか、と思ってしまった。

ついでに持ってきたおにぎりを取り出す。中身はおかかに昆布に梅干し。梅干しは私しか食べないので、おにぎりのてっぺんにちょこんとのせてある。子供たちもエイデンも食べたがらないのだ。

さて、タブレットの『地図アプリ』で現在地の確認をする。目的地の街は、この森を抜けて、少し行ったところにあるらしい。

道幅からして大きな街道らしいのだけれど、ここまで馬車にも歩く人にも会わなかった。けっこう朝早く出てきたのでまだ午前中のはずだが、誰も通っていないのはなぜだろうか。

「まぁ、軽トラ見られたら、面倒なことが起こりそうだからいいけど」

キャサリンの実家の公爵家のような高貴な家ですら、馬車での移動なのだ。たぶん、文明レベル的にも自動車はなさそうだ。

再び『地図アプリ』に目を向ける。距離感はわからないけれど、厄介《やっかい》ごとを避けるため、ここからは歩いて行ったほうがいいかもしれない。

「そういえば、ガズゥたち、一緒に街まで行く？」

公爵のところの御者の見下したような目つきを思い出して、つい聞いてしまった。

いまだに、この世界について理解はしきれていないものの、ガズゥたちを捕まえていた盗賊みたいなのもいる。これから行く街でも何かあったりしないか、心配になったのだ。

テオとマルが首を傾《かし》げているなか、ガズゥは少し考えてから「ここでまっててもいい？」と聞いてきた。

「お留守番してる？」

「うん。たぶん、そのほうがサツキさまにめいわくにならないとおもう。テオとマルが、ひとのおおいところでおとなしくしていられるとはおもえないし」

確かに、テオとマルは興味本位であちこち見て回りそうだし、その勢いで迷子になりそう。狼の獣人でもあるガズゥがいれば、例え迷子になっても彼らのニオイで見つけ出せそうな気もするけど、街の規模次第では、色んな匂いがして見つけられないパターンもありそう。

「俺《おれ》は行くぞ」

「当然」

私の返事に、まんざらでもない顔をしているエイデン。

文字が読めそうなのはエイデンだけなので、少しだけ期待している。

ちょっとした森を抜けると、遠くに高い石壁に守られた街らしきモノが見えてきた。思っていたよりも大きな街のようだ。

スノー以外のホワイトウルフたちは、ガズゥたちと共に森でお留守番となった。さすがに、ホワイトウルフの群れが街に向かって来たら、襲撃かと思われそうなのは、私でもわかる。

軽トラはタブレットに『収納』済みで、私も歩いていくつもりでいたんだけど、スノーが自分の背中に乗れ、と言ってきたので素直に乗ることにした。こちとら、日本女性の平均身長並みなのに、エイデンは下手すれば2mはある。そんなエイデンの歩幅に合わせて小走りになっている私が可哀想《かわいそう》になったのかもしれない。スノー、いい奴だ。

ちなみにノワールも来たがったけど、さすがにチビともいえない大きさになったドラゴンは無理だ、とガズゥたちに言われて、拗《す》ねた状態のまま山に置いてきた。一応、ビャクヤやちびっ子三匹が宥《なだ》めてくれているはずだ。

スノーのスピードは、たぶん馬でいう並み足くらいだろうか。その隣をエイデンがすたすたと歩いている。

どんなスピードよ、と不思議に思っているうちに、街の入口に着いてしまった。

「だ、誰もいない？」

まだお昼過ぎくらいだっていうのに、見上げるような大きな門の木製の扉がしっかりと閉じられている。普通、こういう出入口は昼間は開いてたりしないだろうか。

「ふむ、おかしいな」

『中に人がいる気配はあるぞ』

「まさか、お昼休み？」

扉をノックしたら誰か反応してくれないかしら、と思って、スノーから降りて扉をドンドンッと叩《たた》いてみるが、反応がない。

まいったなぁ、と思っていると、今度はエイデンが……ドゴンッと片手でぶち破ってしまった。

「えっ」

「て、敵襲っ！」

「ぎゃぁぁぁっ！」

「ま、魔物よぉぉぉっ！」

――なんかいきなり大騒ぎになってるんですけどっ！

「エ、エイデン、どうしよう!?」

「まったく、騒がしいことだな」

不機嫌そうにそう言うと、エイデンが右手をサッと伸ばし指パッチンをした。すると、ギャースカ騒いでいたはずの人々が、急に大人しくなった。何が起こった？

「さぁ、中へ入るぞ」

「え、いや、あの、この門は？」

「そのうち、こいつらが直すだろ」

「いやいやいや、壊したの、エイデンだよね。ていうか、これ、どういう状況よ……」

駆けつけようとしてた兵士っぽい人とか、逃げ惑ってた人たちが、ぼーっとした状態で立ち尽くしているのだ。

「うん？　魔法で落ち着かせただけだが」

――これ、落ち着かせたっていうレベルじゃないよね？

むしろ、意識を奪ってるような、なんというか……ゾンビみたいに見える。

「なんか、怖すぎるんだけど……ていうか、なんですぐに兵士がこんなに出てくるの」

街道に人の姿もなかったし、この辺で何か起きてたんだろうか。ちょっと不安な気分になっている私をよそに、エイデンとスノーが先に進んでいく。

「ま、待って！」

「五月《さつき》、何を買うのだ？」

「え、魔道コンロだけど……このままでいいの？」

「うん？　ああ、もう少ししたら、効果が切れるだろうから、ほっとけばいい」

「いや、でもさ」

「お、あそこに魔道具屋があるな」

暢気にそう言うと、さっさと行ってしまうエイデン。後ろを振り向くと、変わらずぼーっとしたままの人々。

「だ、大丈夫なのかなぁ」

不安になりながらも、エイデンを追いかけ、街の中を進む。

海外旅行なんてハワイや台湾くらいしか行ったことがなかったので、こういう見るからにヨーロッパ風な石造りの街の中っていうのは、なかなか興味深い。カラフルな色使いはないし、当然自動車なんかも走っていないが。

こんな状況ながらも、徐々に楽しくなってくる私。

通りを歩く人たちは予想通り、彫りが深い顔族で、着ている服も正直あまりいいものという感じはしない。どれくらいの範囲の人が、ゾンビ状態になっているのか心配だ。しかし、そのおかげなのか、スノーがいても誰も騒ぎ立てない。

「ここかな……五月《さつき》！」

エイデンは石造りの建物のドアを開けると、私を手招きする。スノーは店の前でお座りして待っている。

「えーと、お邪魔します〜」

薄暗い店の中に入ると、なんか色んなものがごちゃっと置かれている。

「……おや、お客さんかい」

棚に並んだ商品を見ていると、店の奥から小柄な老人が出てきた。この人は、ゾンビじゃないようだ。何が違うのかわからないけれど、今はお買い物のほうが優先だ。

「あ、あの魔道コンロってありますか？」

「あるよ。大きさは三種類あるけど、どれにするね」

「商品、見せてもらえます？」

私は老人が店の奥から持ってきてくれた魔道コンロを見比べる。一つ目はマグカップサイズ。主に冒険者が持ち歩くのがこれらしい。二つ目は、私が持っているガスコンロサイズで、最後のは二口コンロと同じ大きさのようだ。

「使う魔石のサイズは、最初の二つは同じ。これで十分さ。最後のは、これの倍の大きさのものになるな」

老人が見本で見せてくれた魔石は、少しくすんだ赤い色をした親指の爪《つめ》サイズ。火だから赤い魔石ってことなのかもしれない。ガズゥやホワイトウルフたちが獲ってきていた魔物も、色の違う似たような石を持っていた、それはもっと小さかった気がする。かといって、エイデンやビャクヤたちが獲ってきたのだとサイズが大きすぎる。

「あの、魔石ってここでも売ってます？」

「いや、うちは魔道具専門なんでな。この程度の魔石だったら、冒険者ギルドの売店にでも売ってるだろう……もしかして、いいとこのお嬢ちゃんか？」

老人の目つきが変わった。

「あ、あはは。普段は家の者に任せてるもので……」

「なるほど……だから、あんな立派な護衛がご一緒なのですな」

背後にいるエイデンを見ながら、うんうん、と頷きつつ、老人は魔道具について色々説明しだした。どうも、初めて遠出するお金持ちの子とでも思われたのか。なんか上等そうなキャンプグッズみたいなのをすすめられた。

——私、子供じゃないんだけど。

そう思いながらも、なかなか話を止められない。

「おい。五月《さつき》が欲しいのは魔道コンロだけだ。余計なものはいらん」

エイデンが不機嫌な声でそう言うと、やっと止まってくれた。

結局、ガスコンロサイズの物を二つ買うことにした。二口のタイプと迷ったのだけれど、ガスコンロサイズを二つ買ったほうが安かったのだ（ガスコンロサイズ四万G《ゴールド》×二、二口コンロ十万G）。ちなみにサービスで火の魔石も付けてもらえた。予想よりも高かったけど、ビャクヤたちが獲ってきた魔物を『売却』していたおかげでお金が貯まっていて助かった。

老人が在庫を見に行っている間に、店の中の棚に並ぶシンプルなデザインのランタンの魔道具が目に入った。あちらのおしゃれな雑貨店でなら千円くらいで買えそうな感じだろうか。

「エイデン、これいくら？」

「うん？　一万Gと書いてあるな」

「えっ」

日本円との価値の違いはわからないけど、単純に万は高い気がする。

値段に衝撃を受けていたところに、突然、店の外が騒がしくなった。

スノーのことを思い出して慌てて店の外に出ると、キャーキャーと叫ぶたくさんの人と、武器を構えた兵士たち（ほとんどが及び腰）が集まっていた。もうゾンビ状態は切れたってことか。

「え、え、ど、どういうこと⁉」

スノーは苛立たしそうに大きな尻尾《しっぽ》をバッタンバッタンさせている上に、辛うじて歯をむき出してはいないけど顔も恐いことになっている。

「お、お前は、これの飼い主かっ！」

兵士の中でも偉そうなおじさんが、剣をこちらに向けながら顔を真っ赤にして叫んでいる。

「は、はい。そうですけど……ちょっと、危ないんですけど」

「う、うるさいっ！　それはホワイトウルフか！　ちゃんと、『従魔《じゅうま》の印《いん》』をつけているんだろうなっ」

「は？　『じゅうまのいん』？」

「まさか、こいつ、まだ登録してないのかっ！　くそっ、おい、魔術師殿はまだかっ！」

「え、え、何、どういうことよ」

『五月《さつき》様、こいつら殺《や》っちゃってもいいか？』

「いやいやいや、ダメだって」

「まったく、いつの時代も、人族はうるさいな」

私の後ろから現れたエイデンが、かなりの低音で不機嫌そうに言ったかと思ったら。

「エイデン⁉」

私の声を無視して、腕を伸ばして指パッチンした。

人々の叫び声は治まり、周囲の人々の顔つきが落ち着いたものへと変わった。特に、剣を向けていた偉そうな人は、むき身の剣をぶら下げたままぼーっとした状態になった。

「エイデン……」

「うん？」

「何、満足そうな顔してるのよ。これじゃ、まともな会話できないじゃないっ」

さっきの『じゅうまのいん』とかいうものの説明を聞いてないのだ。

「さっきのほうが会話も何もなかっただろうに。だいたい、こんな奴《やつ》らの言うことを聞く必要など、あるまい？」

「いやいやいや、ここ、うちの山の最寄りの街よね？　買い出しに来るなら、ここしかないってことよね？　来るたびに騒ぎになっちゃうよね？」

「俺がいるから大丈夫だろ？」

「そうじゃないでしょうが……」

長い間眠ってたせいなのか、元々、こういう生き物なのか、全然、常識がない。私も、こっちの常識はないけど、それ以上にない気がする。

——私は普通に買い出しに来たいっていうのに！

「何をそんなに怒っているんだ？」

「ここの常識とか色々聞きたいことが聞けないじゃないっ、ってこと！」

「うん？　何か知りたいことがあったのか？」

「だから、『じゅうまのいん』のこととか聞きたかったんじゃないのよ」

「聞けばいいじゃないか」

「は？」

「だから聞いてみろって。こいつら、聞けばちゃんと答えられるぞ？」

エイデンの言葉を訝《いぶか》しく思いながら、先ほどの偉そうな人に『じゅうまのいん』のことを聞いてみると、淡々とした声で説明してくれた。テイムした魔物を街中で歩かせるのであれば、冒険者ギルドってところで、従魔の登録をしておく必要があるらしい。それが『じゅうまのいん』なのだとか。

「……普通にしゃべってるね」

「ふん、単に興奮状態の者を落ち着かせただけだぞ？」

──いや、落ち着かせただけってレベルじゃないよね？

古龍《コリュウ》の常識よりも、この世界の常識のほうを知りたいと、つくづく思った。

店の中に戻り、何かあったのかと不審そうな老人から魔道コンロを受け取り支払いを終えると、そそくさとスノーを従魔登録するために、冒険者ギルドへ向かった。

エイデンに案内されて到着したのはかなり大きな建物で、看板には『冒険者《ぼうけんしゃ》ギルド』と書いてあるらしい。大きなドアをエイデンに開けてもらう。

中に入った途端、ピンと緊張した空気に変わる。大柄なスノーの姿を見た冒険者たちが武器を構えようとするから参った。

さっきの魔道具屋の老人といい、この反応からすると、建物の中にいた人にはエイデンの魔法は効いていないのかもしれない。

エイデンのひとにらみで、冒険者たちが逃げ腰になっている隙に、ちょうど空いていた受付カウンターに二人並んで座った。スノーは大人しく私たちの背後でお座りしている。

青白い顔をした受付の女性に、従魔登録の話を聞いてみる。

「え、冒険者登録しないとダメなんですか？」

従魔として登録するのは冒険者のみなのだとか。普通の人、例えば商人で登録するような人がいないのか聞いてみたら、そんな物騒なことをする商人などいない、と苦笑いされてしまった。

「ペットとかにする人とかいないんですか？」

「ペットですか？」

「ええ。普通に可愛がるとか」

「魔物を可愛がる？」

受付の女性が訝しそうな顔をする。うん、これも『異世界の常識』的なヤツか。ここでは魔物は魔物でしかないってことだ。

でも、自分は『冒険者』っていう柄でもないしなぁ、と思って隣を見る。

「じゃあ、エイデンが登録してもらえない？」

「俺がか？」

「うん。スノーたちを従えてるように見えるのって、私よりもエイデンじゃない？」

「……五月《さつき》が望むなら」

「スノーもそれでいいかな」

『エイデン様がお嫌でなければ構いません』

大きな尻尾がぶんぶん振られている。そんなに嬉しいの、と思ったら、ちょっと悔しい。

結局、エイデンが何やら書類を書いて冒険者登録をして無事にスノーの従魔登録完了。エイデンが冒険者登録してなかったことに、受付の女性に驚かれた。そこそこの年齢な上に冒険者っぽい格好してるのに、未登録って思ったら、確かに驚くかもしれない。

従魔を街中を歩かせる時は必ずこれを付けるようにと、小さい金属の板を渡された。あっちでいう飼い犬の鑑札《かんさつ》みたいなものだろうか。首輪みたいなのを買って下げるしかないのだろう。

ついでに、なんで門が閉まっていたのかを聞いた。

「ああ、なんでも最近ホワイトウルフの群れが頻繁に現れるようになって、隣国へ抜ける街道が通行止めになってるっていうのは知ってるわよね」

——いいえ。知りません。

「その群れが、なにやら大きな魔物と一緒に、街に向かっているっていう報告があって、門を閉じてたのよ」

——うん？　大きな魔物？

まさかと思うけど、軽トラのことを言っていたりするのだろうか。

というか、どこでそんなの見ていたんだろう。

「門の方に警備のための兵士が集められてたけど、どうなったのかしらね」

——みんなゾンビ状態になってたね。（遠い目）

エイデンの魔法、魔道具の店を出た時にかけなおしていたけど、そろそろ切れている頃だろうか。

「まぁ、Aランクパーティーの『血気団《けっきだん》』が討伐に向かってたから、そのうち落ち着くと思うけど」

——なんですと⁉

思わず勢いよく立ち上がってしまった。

「エイデン」

「あいつらなら大丈夫だろうが……五月《さつき》のためにも、戻るか」

「ありがと」

エイデンの感じから、心配はしていないようだけれど……そのAランクパーティーっていうのがどれくらい強い人たちなのかわからないし。不安でドキドキしてくる。

私たちは、足早に冒険者ギルドを後にした。


街の壊れた門を出ると、スノーの背中に乗る。背後で誰かがギャースカ何か言っているけれど、それどころではない。万が一にも、ガズゥたちに何かあったら、村から迎えに来る人たちに申し訳ない。そのことだけが私の頭の中をぐるぐると駆け巡る。

街に向かう時の倍くらいのスピードで、森まで戻ってきた。おかげで、スノーの上にしがみついていた私はクタクタ。自力でスノーから降りられない始末。エイデンが、そのままでいろというので、素直に身を任せた状態だ。

「うむ。やはり、大丈夫であったな」

エイデンのどこか自慢気な声に顔をあげる。

ビニールシートの上で、暢気に寝ているガズゥたちの姿に、ホッとする。

彼らの周囲にはホワイトウルフたちも寝ている。その中に、一際《ひときわ》大きなホワイトウルフが一頭。

「え、どうしたの？　シロタエ」

『うふふ、ビャクヤが久しぶりにチビたちの面倒を見てくれるというので、追いかけてきましたの』

「え、やだ。ビャクヤってば偉い」

そう言って褒めると、ちょっと自慢気になるシロタエが可愛い。

「ああ、そうだ。ここに冒険者とか来なかった？」

こうして寝ているんだから、誰も来てはいないのだろうけれど、一応聞いてしまう。

『いいえ。ここには来ておりませんわ』

「そっか、よかった」

私たちの会話に気が付いたのか、もぞもぞと子供たちが起きだした。

「かいものはおわった？」

寝ぼけまなこで声をかけてくるガズゥ。

「うん、急ぎで買いたい物は買ってきたわ。他にも気になる物もあったけど、また来ればいいし。……さて。さっさと帰ろうか」

「はーい」

ガズゥたちがビニールシートを畳み始めた脇で、軽トラを『収納』から取り出し、ジッと見る。

――これを魔物に勘違いするって、どうなの？

確かにホワイトウルフみたいに白い車体ではあるけど。車の顔は、狼っていうより芋虫って感じだと思うのだが。

「五月《さつき》」

「うん？」

運転席に乗り込んだ私にエイデンが声をかけてきた。彼はまだ車に乗ってこない。

「ちょっと寄り道してから戻る」

「うん？」

「ホワイトウルフたちを借りるぞ」

「え。あの子たちに何やらせるの」

冒険者のこともあるから、さっさと山に戻らせたい。ただでさえ、群れで動いているのが問題になっていたのだ。

「いや、何もさせないさ」

「……本当に？」

「ああ、こいつらにはね」

ニヤリと笑った顔。何か物騒なこと考えていそうだ。

『五月《さつき》様には、私がついておりますわ』

「頼むぞ」

シロタエとエイデンの間で勝手に話が進められていく。

結局、ホワイトウルフの半数（スノーを含む）がエイデンと一緒、シロタエ含む残りの子らと私たちは山へと戻ることにした。

「危ないこと、しないでよね」

「ああ、大丈夫だ（五月《さつき》が俺を心配してくれてるっ！）」

嬉し気なエイデンに首を傾げながら、私は軽トラのエンジンをかけた。

＊　＊　＊　＊　＊

五月《さつき》の軽トラが去っていく姿を確認すると、エイデンは顔を引き締める。

「冒険者たちの動きは」

『この森の反対側からこちらに移動してきているようです』

「ふむ……奴らに山までつけられるのも面倒だ。少し遠回りして戻るぞ」

『はい』

エイデンは軽トラでできた轍《わだち》の跡を、魔法でサッと消すと、五月《さつき》たちとは反対方向、隣国との国境へと向かうのであった。

＊　＊　＊　＊　＊

山に戻ってきて最初にやったのは、魔道コンロを使ってみること。

時間も時間だったので夕飯の準備も兼ねて、立ち枯れの拠点の小さい東屋のほうで試してみることにした。

埃塗《まみ》れのガズゥたちをお風呂に行かせている間に、『収納』にしまっておいたガスコンロも出してみる。

「とりあえず、二台並べて……魔石を入れるのはここかな」

見た目は、ほぼ私の持っているガスコンロと同じ。オフホワイトの色合いのせいか、洒落《しゃれ》て見える。ガスボンベを入れるところがない分、コンパクト。

サービスで貰《もら》ったうっすらと赤い魔石を二つ掌《てのひら》に転がしながら見ていると、火の精霊が集まってきた。小さくてチラチラと燃えるような感じの彼ら。焚き火で料理をしていると手伝いたがっていたことが何度かあった。一回任せたら、お肉が消し炭になってしまって、それ以来、遠慮気味だ。

『さつき～、これにまりょくいれてもいい？』

「へ？」

『これ、まだいれられる〜』

「え、あ、うん」

掌の魔石の周りに集まりだした火の精霊。彼ら自体は熱くもない。

てっきり使い切りかと思った魔石が、充電じゃなくて充魔力な物だったことにびっくりした。

最初はうっすらと透明感のある赤い魔石だったのが、どんどん濃くなっていって、最終的にサンゴのような赤さにまでなった。

『これでいっぱーい！』

『いっぱーい！』

火の精霊たちは、すごくご機嫌だ。というか、あの魔石を使っていたら、すぐに消えていた可能性に気づいて、少しムッとしてしまった。

「……これ、使っても大丈夫なのかな」

『大丈夫じゃないかしら？　私もいるのだから』

シロタエが脇から覗《のぞ》き込んでくる。

「いきなり爆発《ばくはつ》とかしないわよね」

『心配いらないわよ（何かあったとしても、エイデン様が五月《さつき》様に防御魔法かけてるしね）』

とりあえず一個だけ、電池を入れるような口のところに嵌《は》めてみた。

本体と同じ色のボタンが二つ並んでいて、文字が書いてあるんだけど読めない。普通なら点火と消火のボタンと、火力を調整するボタンかな、と予想する。

「よし、ぽちっとな」

ポッ

「おおおっ⁉」

無事に点《つ》いたが、いきなりの強火で、ぎょっとする。次に隣のボタンを押してみる。

「おおお～」

今度は弱火になった。もしかして、このコンロって中火が選べないのかもしれない。とりあえず、最初のボタンを押して、消そうとしたが。

「えっ⁉　消えないっ！」

何度も押したが、うんともすんともいわない。

慌ててコンロを確認してみると、右側側面に小さな黒いボタンがあった。これか、と思って押したら、消えてくれた。

「……なんで、こんなところにボタン付けるのよ⁉」

そう叫んだ私は悪くないと思う。

とりあえず、真っ赤になった魔石も問題なく使えそうだし、このまま料理を始めてしまおう。

「あー、そういえば、あの街で食べ物とか見てきたかったなぁ」

タレに漬け込んだお肉の入ったジッパー付きのビニール袋を取り出しながら、私は小さく呟いた。

魔道コンロの使い心地を確認した翌日の昼頃、エイデンたちは戻ってきた。いったいどこまで行ってきたのか、気になるところではあったけれど、どの子も怪我などしてなかったのでよかった。いつも遠出をしたついでに魔物を狩ってくるエイデンなのに、今回は大きな麻袋いっぱいに、木の実を入れて帰ってきた。

「これ、何？」

一つ取り出してみる。大きさはピンポン玉くらいだろうか。固くつるりとした茶色い殻に包まれている。さすがにこれはナイフとかでは剥《む》くことはできないだろう。割るのだろうか。

「これはボルダの実だ」

「ボルダの実」

「ああ、俺の好物なんだ」

嬉しそうにそのボルダの実を取り出し、指でつまんでパリンと割った。まるで、琥珀糖《こはくとう》でできた殻みたいにあっさりと。殻の中から現れたのはクルミに似ている。一つの実に二つ入っていて、エイデンは一つは自分に、もう一つを私の口の中に放り込んだ。

「……クルミだわ」

コリコリとした食感と、クルミの自然な甘さが口に広がる。

「この山では見かけなくて残念だったんでな。ちょっと北の方に行って採ってきた」

「植生が違うのかしら」

「どうかな。五月《さつき》だったら、この山でも育てられるんじゃないか？」

「クルミだったら身体にいいっていうし、確か木材にもいいって聞いたことあるけど……これも同じなのかなぁ」

私もエイデンを真似して割ってみようとしたけれど、無理だった。クルミ割り器でもあれば、割れるかもしれない。

もし大きな東屋あたりに植えたら、エイデンが勝手に採って食べるかもしれない。

色々と考えていたら、楽しくなってきた。

「あ、あの」

いつの間にか集まってきていたガズゥたち。そのガズゥがオドオドしながら、エイデンと私の間で目を泳がせている。

「うん？　何、ガズゥ」

「サツキさま、その、ボルダのみなんだけど」

「うん？」

「あまり、めだつところにうえないほうがいいとおもうんだ」

「え、なんで？」

「ボルダのみは、ひとぞくではどうかはしらないけど、おれたちじゅうじんのあいだでは、『ふっかつのみ』ともいってるんだ」

——なんか名前がすでに不穏な響きなんですけど。

詳しく聞いてみると、病気にかかった時、すりつぶして湯薬《とうやく》と一緒に飲むと一発で治ると言われているそうだ。

それは単純に栄養価が高いってことではないのだろうか、と思ったけれど、もしかして異世界仕様で、なんぞ特別なパワーがあるのだろうか。先ほど気にせず食べてしまったけど、今のところ、何の影響も出ていない。しかし、少しだけ心配になる。

目の前のエイデンは、袋にいっぱい入っている中から、気にせず二個目を割って、食べている。

一方で、万が一この木が大きく育って、目につくところに実が生《な》っているのを誰かに見つけられたら、色々と厄介なことになるのではないか、とガズゥは心配しているようだ。

「……俺は五月《さつき》の山であれば、どこに植えててもいいけどな」

植える前提のエイデン。普通に美味しかったから、私も植えるのはやぶさかではない。

「立ち枯れの拠点の斜面にでも植えるわ……その前に、まず苗にしないとダメだけど」

ちゃんと育つかは、土の精霊たち次第。

今のところ、私の身体に明確な症状は出ていない。試しにクルミ餅でも作ってみようかな、と思ってしまった。


クルミ、じゃなくてボルダの実を手に入れて三日ほど経った。

貰ってすぐ黒いポットに植えてみたら、翌日には芽が出て、今は10㎝くらいの高さにまで成長している。土の精霊のやる気がうかがえる。

もう少し育ったら、立ち枯れの拠点側の斜面にでも植えようかと思っている。そこだったら、ガーデンフェンスや植えた果樹による結界の中だし、谷の奥まった場所だけに誰も気付かないと思う。

ちなみに、ガズゥの言葉が気になったので、クルミ餅を作る前にタブレットで『鑑定』してみた。元来、滋養強壮《じようきようそう》に効く物らしく、合わせる薬草によっては、その能力を著しく伸ばす効果があるそうだ。それも、エイデンが採ってきたのは、かなり魔力のこもったものらしく、魔力の少ない獣人たちの場合、一個でも食べたら体調を崩してしまうらしい。

鑑定前に、ついつい三個食べてしまった私。だって、エイデンがポンポン渡してくるのだ。しかし、結果的にはまったく異常なし。エイデンなんて十個以上食べていたのに、平気だったのだ。

何が違うのかはわからないけれど、ガズゥたちに食べさせてやれないのはちょっと残念だった。今度、あちら《日本》のクルミでも買ってきてあげようかな、なんて思っていたんだけど、そうもいかなくなってしまった。

ガズゥたちのお迎えがやってきたのだ。

「サツキさまっ！」

立ち枯れの拠点の長屋で、大きめな笊《ざる》の上に乾燥させていたラベンダーの花をポロポロと外している時だった。ガズゥの嬉しそうな声が聞こえて、目を向けると、ガズゥが走ってくる姿が見えた。

「むかえがっ、むかえがきたっ！」

よっぽど嬉しかったんだろう。目がキラキラしている。

「思ったより早かったね！」

「はいっ！」

私はラベンダーもそのままに、ガズゥと一緒に小走りで向かうと、結界ギリギリのところに三人の大柄な獣人が立っているのが見えてきた。二人は男性で、一人は女性のようだ。近くに馬車のようなものも見当たらず、取る物もとりあえず駆けつけた、といった感じなのか、かなり身軽な格好だ。

見る限り、三人ともガズゥのような銀髪ではなく、テオとマルのような黒髪の狼系の獣人のようだ。男性はエイデンと比べれば小さいかもしれないが、十分に大きい。女性のほうも、男性に劣らないくらいの背がある。すらりとした体型がモデルっぽくて、ちょっとカッコいい。

「ナバスおじさん、サツキさまをつれてきたよっ！」

ガズゥが凄く嬉しそう。『ナバスおじさん』と呼ばれた男性は、駆け寄るガズゥを抱きしめている。テオとマルも、そのおじさんの足元にへばりついている。

「貴女がサツキ様ですね。甥《おい》たちが大変お世話になったと聞いております」

三人の中でも一番大柄な『ナバスおじさん』が、胸に手を当てながら頭を下げてきた。

「いえいえ！　私だけではなく、ホワイトウルフたちのおかげでもありますから」

「はい、そう聞いておりますが……まさかあのホワイトウルフたちが、と半信半疑でして」

不思議そうな顔で周囲を見ている。私も同じように見回すけれど、今はホワイトウルフたちは近くにはいないようだ。

「皆さん、お疲れでしょう。よろしければ、あちらの東屋でお茶でもいかがですか」

私は狼獣人たちを大きな東屋の方へ案内した。

東屋では肉の焼けるいい匂いが漂っている。

ガズゥたちがせっせと、焼き上がった串に刺した肉や野菜を皿に盛りつけては、迎えに来てくれたおじさんたちへと渡している。その姿を見ると、ついつい笑みがこぼれる。

今回迎えに来たのは、テオとマル（あんまり似てないけど実は二人は従兄弟同士《いとこ》）の母親たちの兄のナバスさんと、前回、ガズゥたちに迎えに来る約束をした『にいちゃん』こと、ドンドンさん、そしてナバスさんの娘でテオとマルの従姉《いとこ》のネーレさんだった。

ナバスさんは三十代後半くらい、ドンドンさんは私とそうたいして年は変わらない気がする。ネーレさんはまだ十代後半くらいだろうか。全員が黒っぽい系統の中で、ガズゥの銀髪はかなり目立つ。

「こいつは旨いな」

「こんな味は初めてだわ」

「んまい、んまいっ！」

三人ともが美味しそうに食べてくれるので、私も嬉しくなる。ちゃんと野菜も食べるように、と子供たちのほうが勧めている様子に思わず笑ってしまう。

食事をしながら詳しく話を聞くと、元々ガズゥの父親のネドリさんは冒険者だったそうで、たまたま討伐依頼で訪れた村が、ガズゥの母親の村だったのだとか。

「あの猛アタックにはネドリ様が不憫《ふびん》になるくらいだった」

ナバスさんが遠い目になっている。かなりの肉食系女子だったんだろうか。

「しかし、おかげでフェンリル様のお血筋のガズゥ様が生まれてきたのだ。ありがたいことではないですか」

肉を頬張りながら、ドンドンさんが嬉しそうに言っている。

私はあんまり気にしてなかったけれど、『フェンリルの血筋《ちすじ》』というのは重要らしい。実際、ガズゥの毛色はだいぶ違う。能力的にどうなのかっていうのはわからない。

「五月《さつき》、旨そうな匂いだな」

いきなり、エイデンがノワールを連れてやってきた。今日もどこかへ狩りでも行ってきたのだろうか。その割には獲物がないようだ。

「食べる？」

「いただこう」

『僕も食べたいっ！』

嬉しそうに答える一人と一匹に苦笑いを浮かべながら皿に肉を盛ろうとして、ナバスさんたちが固まってしまっていたのに気が付いた。

——あー、ノワールか！

自分たちには、すでに普通になっていたとしても、お初の彼らが驚いても仕方がない。もうすでに可愛い感じじゃなくなっているし。

ちなみに、一緒に狩りに行っているガズゥたちは、すでに慣れている。

今度はハクの声が遠くから聞こえてきた。

『ハフヒ《さっき》』

どこにいるのかと思えば、街のある荒野の方からたくさんのホワイトウルフたちを引きつれて、駆けてくる姿が目に見えた。

——そっちには行かないようにって、シロタエに伝えるように言ったんだけど！

街での魔獣の噂があって物騒な時期なのに、全然、言うこと聞かないハクにため息が出る。

その上、何か大きいのを咥《くわ》えて走ってる。あれは……鳥か？　ダチョウ？

ハクたちを叱りつけるよりも先に、ついつい鳥のほうが気になってしまうのは仕方がないと思う。

だって、ハクの大きさを考えると、けっこう……いや、かなり大きいのだ。

彼らが捕らえていた鳥は、スピーディーと言われる鳥だとか。荒野を中心に生息する、その名前の通り、足の早い飛ばない鳥なのだそうだ。

——まさにダチョウ。

色が黄色ければ、某ゲームの鳥みたいかも。しかし残念ながら騎乗はできないらしい。

元来、集団で生活しているらしく、索敵範囲が広くて、なかなか捕まえるのが難しいのだとか。

たまたま迷子になっていたのを捕まえることができたらしい。それでも、足の速いスピーディーを狩ることができたのは、ホワイトウルフたちにしても自慢なことのようだ。ガズゥたちも近寄って珍しそうにしているところを見ると、かなり貴重なのかもしれない。

ホワイトウルフたちが嬉しそうに尻尾を振っているので、ご褒美にジッパー付きの袋に入れていた生肉（フォレストボア）をあげた。

「ヒィイイッ！」

いきなり、ネーレさんが叫び声を上げて、しゃがみ込んでしまった。

「あ、あれは、フェンリル様っ⁉」

ナバスさんは叫ぶと同時に食べ物そっちのけで、土下座状態で地面に頭をすりつけている。

――ハク、ホワイトウルフにしては、でかいもんなぁ。

肝心の本物のフェンリルの姿は知らないけど、ハクにもその血が流れているのは知っている。

しかし、狼獣人たちの様子に、これほどまで？　と、ちょっとびっくりしてしまった。

なんとか声をかけて、土下座状態からようやく立ち上がったナバスさんたちが、恐る恐るハクのところにやってきた。

「フェンリル様、我が一族の者をお助けくださり、ありがとうございます」

ナバスさんの言葉がわからないのか、頭をコテンとするハク。

「ガズゥたちを助けてくれてありがとう、だって」

『うん？　俺は助けてないぞ？　助けたのは親父とユキとスノーだ』

「今はハクしかいないし、わからないんだもの仕方ないよ」

私がハクの首の辺りを撫でながら説明していると、ナバスさんたちが再び啞然《あぜん》としている。

「あ、あの、サツキ様はフェンリル様とお話ができるのですか？」

「え、はい」

私の返事に固まる姿に、以前ビャクヤから、他の者には通じていないと言われていたことを思い出した。

「サ、サツキ様はいったい……」

今度はナバスさんが私の方を見ながら恐る恐る聞いてくる。

――いや、私、普通の異世界人ですって！　……あ、それがすでに普通じゃないか？

私が苦笑いを浮かべると、ナバスさんはそれ以上は何も聞かずに頷き、解体は任せてくれと、ホワイトウルフからスピーディーを受け取ると、軽々と担《かつ》いで大人三人でどこかに走っていった。

ナバスさんたちが迷わずに駆けていく後ろ姿に、唖然とする私。

「……どこに行くのかな」

「近くの水場にでも行ったんだろう」

安物ワインの入ったプラスチック製のコップを片手に持ったエイデンが、私の隣へとやってきた。そんなのでも絵になるエイデン。なんかズルい。

エイデンは当然のように言うけど、彼らはここに来たばかりのはず。

「水場がどこにあるのか、わかるのかな」

立ち枯れの拠点の水場は結界の中だし、そうなると山の湧き水でできた小川だろうか。

「あいつらの嗅覚は敏感だから、水のありかがわかるんだろう。距離にしたって、たいしたことあるまい」

エイデンの言葉から、獣人の感覚にびっくりする。

「おじさんたちならだいじょうぶ！」

テオが自慢気に言うには、ガズゥの父親が村に来るまでは、ナバスが村一番の狩人だったのだぞうだ。二番目はなんとガズゥの母親。長男と次男が冒険者となって村を出てしまい、彼女が跡継ぎになっていたそうだ。今では末っ子の妹までもが兄たちを追いかけて村を出ているらしい。

ちなみに、魔物の討伐には母親も出ていたそうだ。

――ガズゥのお母さん、凄そう。

もしかして、『自分より強い男じゃなきゃ結婚しない』っていうタイプ？……と思ったら、本当にそういう女性だったらしい。ガズゥは寝物語《ねものがたり》に、二人の馴れ初めを聞かされていたそうだ。よっぽど、ガズゥのお父さんが好きらしい。

とりあえず、ガズゥの両親もテオとマルの両親も、それぞれに怪我をしたものの、軽傷だそうだ。

それにしても、魔物が大量発生して村を襲ってくるっていうのは、普通にあることなのだろうか。この辺は、ビャクヤやエイデンたちがいてくれるおかげなのか、生きている魔物と遭遇することはない。

ガズゥたちの村にも、うちみたいな結界が張れていれば、村まで入り込まれることはなかったのではないか。でもこれは、私だから結界が機能しているだけのようだし。どうにかならないものか、なんてことを悶々と考えていると。

「お待たせしました！」

「……魔石はどうしますか」

ナバスさんが見事な鳥肉を抱えて戻ってきた。かなり大きい。ドンドンさんは掌の大きさの薄い緑色の魔石を差し出した。これは風の魔石だそう。今のところ、うちでは魔道コンロしか魔石の使い道はないので、あっても意味がない。でも、売ればそこそこの値段になるとのことなので、受け取るだけ受け取った。

食事のペースが落ち着いてきたガズゥたちは、ナバスさんたちに今までのことを話していた。

「人族の連中め」

憎々し気に言うネーレ。犬歯が見える気がするんだけど……子供たちには優し気な雰囲気だっただけに、怒った顔はちょっと怖い。

「落ち着け、ネーレ」

冷静な声でナバスさんは言っているけど、ジワリと怒ってる気配を感じる。

「でも、ガズゥ様の抵抗も無駄ではありませんでしたよ」

攫《さら》われた場所には、争った跡が残っていた上に、証拠となる物も残されていたのだとか。

「証拠？」

「ドグマニス帝国《ていこく》の紋章入りの小刀が落ちていたんですよ」

ガズゥたちの空気が一気に重くなる。

その場の雰囲気から、その、なんとか帝国ってのは、嫌われ者な国なんだろう。異世界情報の少ない私でもわかった。

なんか『帝国』っていう響きからして、ヤバそうな気がするのは、思い込みだけではないと思う。

念のため、帝国のある場所を聞いてみると、ガズゥたちの村のある国の隣にあるらしい。ちなみに、ガズゥの国の名前は『ビヨルンテ獣王国《じゅうおうこく》』というらしい。

そして、帝国から見て、ガズゥたちの国を挟んだ先にあるのが、キャサリンたちの国で、『コントリア王国《おうこく》』というそうだ。

そして『ビヨルンテ獣王国』は、名前からもわかるように獣人主体の王国なのだそうだ。

キャサリンたちの国とドグマニス帝国は人が主体となる国で、獣人は下に見られることが多いのだそうだ。それは、この前の御者の目つきから予想はつく。

ただ、ドグマニス帝国のほうが質《たち》が悪いらしい。

「あいつらは、巧妙な手口で獣人を攫《さら》っては、奴隷にするんだ」

ドンドンさんが忌々《いまいま》し気に言う。

特に、まだ小さな獣人の子供が狙われやすいのだとか。

今回の魔物の襲撃にしても怪しいと、ナバスさんは言う。魔物にも増える時期というのがあり、今回はその時期ではなかったのだそうだ。そもそも、村の方にまで魔物がやってくることが異常事

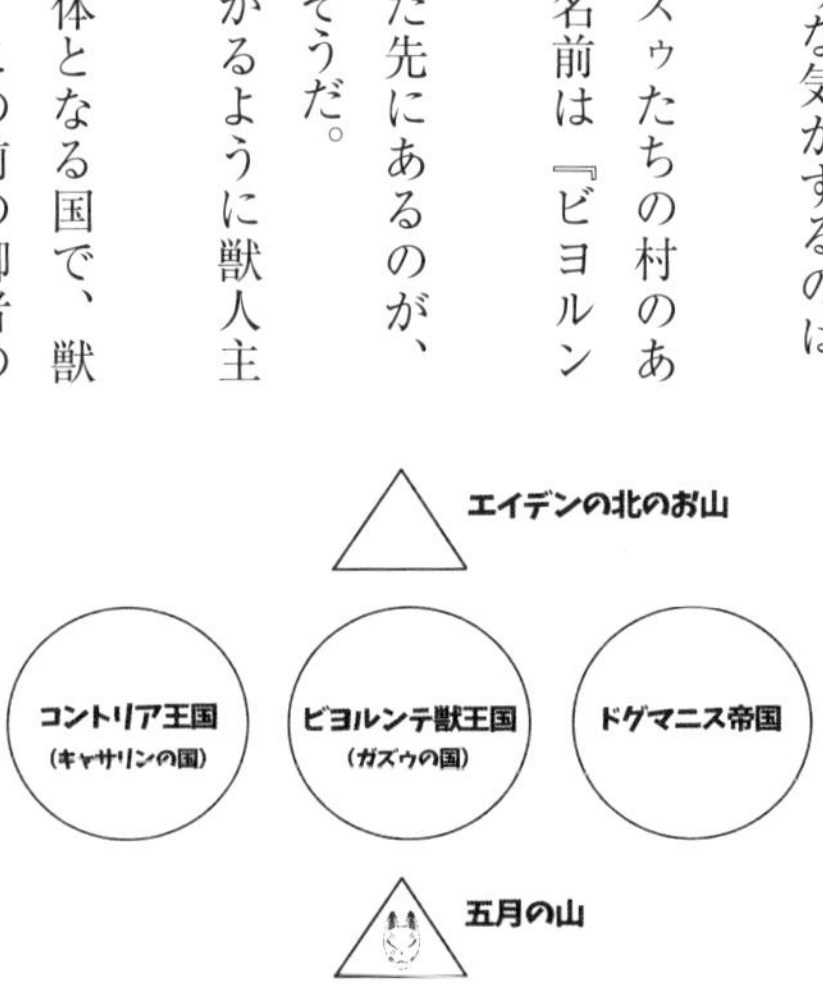

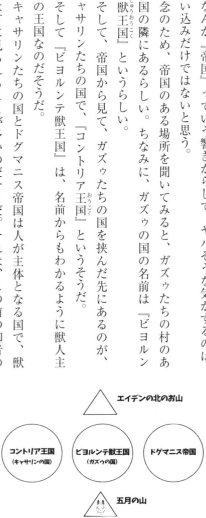

態で、普段ならありえなかった。

「もし、あの小刀がなかったら、コントリア王国に探索の者を多く行かせていただろう。そうしたら、もっと早くにガズゥたちを見つけられたかもしれない」

それは小刀自体が偽造された可能性もあるんじゃないか、とチラリと思ってしまう。そもそも、ガズゥたちが捕らえられていた場所って、この山の近くなわけだし、コントリア王国の人間が人攫いだった可能性もある。

「ガズゥたちを攫った人間については知らんが、この前北の山の方にガズゥたちと狩りに行った時に偶然遭遇した奴らが、その、なんとか帝国の奴らだったな」

「いつ⁉」

突然のエイデンの言葉に、ギョッとした私。北の山とは、もしやガズゥたちが囚《とら》われていた洞窟近くだったりするんだろうか。

「うん？　いつと言われてもなぁ。物騒な格好をしている奴らだったのと、ガズゥを見て『捕まえろ』だのなんだのと、煩《うるさ》かったんで、怪しかったから蹴散《けち》らしてやった。（ついでに、無理やり奴らの雇い主の情報を抜き出したなんて言えないな）」

「だいたい、どうやって帝国の人間だなんてわかるのよ」

「まぁ、そこは色々とな」

その『色々』がとても物騒に聞こえたのは、私だけだろうか。ガズゥたちも一緒に行っているから、さすがにそれはないと思いたい。

ナバスさんたちが、固まっている。

「あの、ナバスさん？」

「え、あ、はい、あの、こちらの方は……」

「あ、ああ、彼は古龍のエイデンよ」

「コ、コリュウ……」

「古龍？」

「まさか、ご冗談を」

ニヤリと笑ったエイデンの瞳《ひとみ》が、爬虫類のそれに変わった。

「ここで古龍の姿に戻ってもいいが、お前らに耐えられるか？」

「やめてっ！」

エイデンのそれは冗談にならない！

朝日が昇り始める少し前。朝靄《あさもや》で窓の外は薄っすらと白くなっている。

今日はいよいよガズゥたちが村へと帰る日だ。

昨夜は、長旅だったことと、色々と驚くことが多くて疲れているだろうから、と、獣人の皆さんには早めに休んでもらった。

一瞬、彼らを結界の中に入れるべきか迷ったのだけれど、前回のキャサリンたちのお迎えに来た人々のこともあったので、結界の外の大きな東屋のあたりで野営してもらうことにした。悪い人たちには思えなかったけれど、念のため。そこは彼らも納得してくれた。

私は起き抜けに水を一杯だけ飲むと、ガズゥたちに渡す諸々の荷物や、朝食に使う食材を『収納《しゅうのう》』して、ログハウスを出る。朝もまだ早いせいか、少しだけ肌寒い。

スーパーカブのエンジン音が、静かな山に響く。

もしかしたら、ガズゥたちも目が覚めてしまっているかもしれない、と思ったら、案の定、三人ともがすでに顔を洗い終えて待ち構えていた。

「おはよう～」

「おはよう！」

「おっはよう！」

「おーはーよー」

ガズゥとテオは元気に挨拶してきたけれど、マルはまだ眠いみたいだ。てっきり、大人たちのところで一緒に寝てるのかと思ったら、長屋で三人で寝ていたようだ。

私たちは、長屋の前にある畑から、トマトとキュウリをもいで、ささっと洗って笊《ざる》に盛る。今日もなかなか立派な出来だ。

私たちはナバスさんたちがいる東屋の方へと向かう。テオとマルは猛ダッシュで先に行ってしまったけれど、私とガズゥは野菜ののった笊を抱えながら、のんびりと歩いていく。

「サツキさま」

「うん？」

ガズゥがくぐもった声で話しかけてくる。

「……また、ここにきてもいい？」

「いいよー」

「ほんとに？」

「ちゃんと、お父さんたちに許可取ってからね」

「きょか？」

「そ、行ってきていいよって、許してもらったら」

「……わかった」

よっぽど、この山が気に入ったのだろうか。魔物はそうは多くはないけど、ホワイトウルフたちと山を駆け回っている姿は、確かに楽しそうではあった。

大きな東屋に着く頃には、ナバスさんたちのテントも片付けられ、彼らは朝食の準備を始めていた。彼らは魔道コンロは持っていないようで、焚き火で串刺しの肉を焼いている。朝から重そうと思うのは、私だけなんだろう。

テオとマルは、ネーレさんの邪魔をしていたようで、叱られている。

「おはようございます！」

「あ、おはようございます」

「これ、うちの畑で採れた野菜です。どうぞ！」

木製のテーブルに笊をドンッとのせると、私も朝食の手伝いに参加することにした。

少しするとエイデンとノワールがやってきて、朝食もにぎやかになった。

二日目ともなれば、ナバスさんたちも慣れるかなぁ、と思いきや、そう簡単にはいかないようで、エイデンが大皿にのっているベーコン（この前、燻製で作りまくったアレ）の山に手を伸ばすたびにビクッとなっていて、申し訳ないけど、ちょっと面白《おもしろ》かった。


ガズゥたちは、暑くなる前に旅立つことになった。

背中には、パンパンに膨らんだ私のお手製リュック。ちょっと大きめにしたつもりだったけれど、実際にガズゥたちの背中に背負わせてみると、思っていたほど大きくはなかった。

その中には、子供たちと一緒に作ったアルファ米や燻製、ドライフルーツなどの食料の他、水筒に着替えやタオルなんかも入れてある。

水筒は、500ミリリットルのステンレスの保温の効くタイプを一人に一本用意した。中には水と氷、それに小さな水の魔石がいくつか入っている。水の魔石は、ガズゥやホワイトウルフたちが狩ってきた両生類っぽい魔物から採れた物だ。なんで魔石？　と思ったのだけれど、水の精霊が入れておけというので、言うとおりにしてみた。何らかの効能があるのを期待する。

着替えといっても、三人が気に入った色違いの犬の足跡のマークのついているTシャツを一枚だけ持って帰るらしい。他の服は、長屋に置いていくのだそうだ。ガズゥ曰く、「ぜったいに、またくるから！」とのこと。ちょっと嬉しくて泣きそうになった。

本来、そう簡単に来れるような場所ではないだろうに、彼のその気持ちが嬉しい。

その他にお土産にと、ボルダの苗木と梅の苗木を数本、それぞれビニール袋に入れて渡した。

村にボルダの実があれば、何かあった時に役に立ってくれるのではないか、梅の木は、結界は無理でも悪い物を浄化できたらいいな、っていうだけ。本当に気休めみたいなものだ。一応、こっそり、土の精霊にお願いだけはしておいたから、なんとか根付いてくれることを祈る。

「ガズゥ、テオ、マル」

名前を呼ぶと、ナバスさんたちの傍にいた三人が駆け寄ってくる。

この子たちを助けて一緒に生活して、約一ヵ月くらい。彼らが帰ってしまうということを、やっと実感する。

――寂しくなるなぁ。

目の前の三人の不思議そうな顔に、なんとか笑みを浮かべて、しゃがみ込む。

「これは、キャサリンたちにあげたのと同じミサンガよ」

三人の細い手首に結びつける。

「無事に帰れますように……よしっ！」

私は立ち上がると、ナバスさんたちの方へと彼らの背中を押した。

＊　＊　＊　＊

ナバスたちは曇天の下、荒野を駆けていた。これで晴天だったら、ここまで走り続けることはできなかっただろう。

少し先に、森の縁《へり》が見えてきて、六人の獣人と一匹のホワイトウルフのスピードが落ちた。

「少し遅いが、ここで昼休憩するか」

ナバスの言葉に、全員が頷く。特に子供たち三人は、大人のスピードになんとかついてこれたという感じなので、肩で息をしまくっている。ホワイトウルフは長い舌を出しながらも、まだまだ余裕がありそうだ。

一緒についてきているのは、スノーだった。

五月《さつき》から頼まれたわけではないが、狩りを一緒にやってきていたことと、やはり、フェンリルの血を引くガズゥのことが心配だったので、きちんと見送るために同行していたのだ。

大きな木の根元に腰を下ろすと、ちびっ子三人はさっそくリュックの中から水筒を取り出した。使い方は、五月《さつき》に教えてもらっている。蓋をパカッと開けて、備え付けのコップに注ぎ込む。

「つめたっ⁉」

テオの声に、皆の視線が向いた。

「ガズゥ、それはなんだ？」

「おじさん、これ、すいとう。サツキさまにもらったんだ」

「すいとう？」

「うん、みずぶくろのかわりさ。このなかにみずがはいってるんだ」

カラカラという音がするのは、水筒の中の魔石と、氷がまだ溶けずにいるからだ。

ガズゥはリュックからアルマイト製のマッコリカップを取り出して、水筒の水を注いでスノーの前に出すと、スノーは旨そうに舐《な》め始める。

これも五月《さつき》から「お古で悪いんだけど」と言いながら渡された物だ。

「……色んな物をいただいてしまったようだな」

ナバスはビニール袋の中の苗木にも目を向けると、申し訳なさそうな顔をする。

「うん、だからね」

ガズゥの顔が、グッと厳しいものに変わる。

「おれ、もっとつよくなって、サツキさまをおまもりするんだ！」

「守るといっても、エイデン様がいらっしゃるだろう」

あのゾッとするような金色の爬虫類の目を思い出し、ナバスがぶるっと震える。

「そりゃぁ、エイデンさまはつよいよ？　でも、エイデンさまはけっかいのなかにははいれないんだ」

「……そうなのか？」

「それに、エイデンさまがそばにいないときだって、あるかもしれないじゃないか」

ガズゥは山があった方へと目を向ける。そこにはもう、山の姿はない。

「だから、おれがサツキさまをおまもりするんだ」

「だったら、おれも〜」

むしゃむしゃとドライフルーツのマンゴーを食べていたテオが手を上げた。

「……おれも」

空になったコップの中を見つめたマルも、小さな声で言った。

「サツキ様は、いったいどういったお方なのか……」

ナバスは、子供たちの言葉に困ったような顔になる。

『フフン、五月《さつき》様は、精霊たちが山ほど集まるくらいのいとしごだからな。ガズゥたちも一緒にいたくなる気持ちはわかるよ』

伏せた状態で、足に顎《あご》をのせたスノーがボソリと呟く。

『まーねー。さつきにたのまれなきゃ、こいつらといっしょにくるきはなかったしー』

『そーよねー』

『さつきがいれば、もっともーっとなかまがふえるよね？』

『もっともーっと、あつまったら、もっともーっと、すみやすくなるねー』

『ねー！』

『あのこのすいとう、おみずがなくなっちゃった？　ふやさなきゃー』

『それそれ〜』

『あー、あふれるからきをつけてー』

土の精霊と水の精霊の光の玉がいくつか、のんきに苗木と水筒の周りを飛んでいるが、獣人たちには見えていないし、声も聞こえてはいない。

「あ、あれっ⁉　み、みずがぁぁっ！」

森の片隅で、マルの驚きの声が響いた。

二章

山でやること、まだまだいっぱい

ガズゥたちが帰って三日。

喪失感で、何も手に付かない……かと思ったけど、そんなに暇ではなかった。

「キャー！　やめてー！」

ログハウスの敷地の畑が、獰猛《どうもう》な三つ子たちによって荒らされているのだ！

「わっふ、わっふ（キャッ、キャッ！）」

「わわんっ、わわんっ！（まてまてー）」

「わふー、わんわんっ！（ねーね、まつの～）」

「あー！」

ガズゥたちがいなくなったこともあって、シロタエが気を利《き》かせたのか、三つ子を連れてやってきている。

真っ白なその子たちは、確かにかわいらしかった。少し前までは、三匹全員を抱きかかえられるくらいには小さかったのに、今では柴犬よりも少し大きめなサイズにまでなっている。

最初のうちは、初めて山頂からログハウスの敷地まで下りてきたこともあって、見慣れぬ風景に興味津々であちこち見てはいたものの、シロタエのところからあまり離れることもなかった。私が

I Bought a Mountain
Living in another world isn't bad either.

手を伸ばしても、身を引くくらい。私が畑仕事や草刈りをしている間とか、シロタエがそばにいる間は大人しかったのに、少し離れた途端、

「がふっ、ふんふんふんっ！（こいつ、こいつっ！）」

「いやぁぁぁ、壊れる、箒《ほうき》、壊れるからっ！」

ログハウス脇《わき》に立てかけておいた竹箒に噛《か》みつく子もいれば、

「わふわふん（きもちぃ）」

「あああ、びしょびしょにぃぃぃぃ」

池に飛び込む子もいれば、

「ふんふんふんっ（ほるっ、ほるっ、ほるっ）」

「ぎゃぁぁぁ、穴、掘らないでぇぇぇっ！」

柿の木の根本を、がっしがっしと掘る子もいる。

「はぁ……、シロタエェェェ……ビャクヤァァァ……、早く戻ってきてよぉ……」

叫びすぎて喉《のど》を枯らした私は、思わずアウトドア用の椅子《いす》に腰を下ろした。

実はビャクヤたちはエイデンと一緒に狩りに行っている。それも、今残っている三つ子以外全員で。

——どんな大物を狩りに行くのよっ！

心の中で叫ばずにはいられなかったが、いつも三つ子の面倒を見ているシロタエのストレス発散も兼ねているのだろう、と思うことにした。しかし……。

これ、本当は三つ子のほうのストレス発散のためなんじゃないだろうか？

三つ子たちとはまだ従魔契約してないから、困ったことに何を言っているかさっぱりわからない。

『こらぁぁぁ！　あなほっちゃだめぇぇっ！』

『みず、みずがよごれるでしょー！』

土や水の精霊も注意しているんだけど、聞く耳を持たない。そもそも、彼らに精霊の声が聞こえているのかも、わからない。

「あー、これはもう、ドッグラン的なものを作ったほうがいいんじゃないのぉ？」

大きなため息をつきながら、タブレットの画面で『ヒロゲルクン』や『タテルクン』を開いて見るけれど、そんなメニューがあるわけがない。

暴《あば》れまくる三つ子をよそに、どこか適当な場所はないか調べるために『ヒロゲルクン』の地図を開く。

「うん？　あれ？　地図の範囲が広がってる……？」

前は購入した山の部分しか出ていなかったのに、今見ている画面では、範囲外の立ち枯れの拠点のところまで表示されるようになっている。

「買ってないけど……もしかして手入れしたりすると、その範囲に入っちゃうのかな」

――まさか、買った扱いにはなってないよね？

稲荷《いなり》さんから請求書はもらっていない。しかし神様だけに、勝手に自動引き落としなんてことになってたら。

「むむっ、ちょっと稲荷《いなり》さん相談案件だわね」

眉間に皺《しわ》を寄せていた私。

「わんわんわんわんっ！」

「わんわんっ」

「わふーっ！」

「ぐわっ！」

突然飛びかかってきた三匹にのしかかられ、潰《つぶ》されてしまう。

気が付けばログハウスの周辺は見事に、めちゃくちゃになっていた。地面は凸凹だし、池の周辺はぬかるんでいるし、竹箒は使い物にならなくなっていた。ぐすん。

目の前で頭を下げるシロタエと、ビャクヤとハクに押さえつけられている三つ子。あれ、潰れてないだろうか。

『五月《さつき》様、申し訳ございません……』

『まったく、精霊たちの声も聞き取れないほどに暴れ回るとは』

「きゃうん、きゃう、うん（ごめ、ごめん、さいっ）」

「くぅ～ん（ごめんなさい～）」

「ぐぅ～」

それ以上押したら、本当に潰れてしまうんじゃ、と心配になる。

『気持ちよく帰ってきてみれば……はぁ』

『……俺《おれ》たちも、こんなんだったっけ？』

『ここまでではなかった……と思いたい』

ハクとユキの呆《あき》れたような声。

スノーは無言。余計なことは言わないに限る、ということなのだろう。

「まぁ、小さいし、初めてのお留守番だったわけだし、興奮しちゃったんでしょ」

『本っ当に、申し訳ございませんでした』

あははは、と空笑いしながら、敷地の方へと目を向ける。精霊たちが地味にちょこちょこと直してくれている。ありがたい。

竹箒はまた買ってくるしかない。

そして目の前には、魔物の山が出来上がっている。

大きな羽のついたトカゲ（ワイバーンというらしい）が二羽（匹？）と、大きな掌《てのひら》のような形の角をもった大柄な鹿（レッドフォーンディア）が三頭、ビャクヤよりも大きな、小さい角付きの熊（ワイルドグリズリー）。一番下にある熊は泥だらけになっている。

——あの大所帯で狩ってくるんだから、これくらいは狩ってくるかもねー。（遠い日）

でも、多すぎ。

「それよりも、あの魔物たちって」

『エイデン様からの贈り物も入っております』

ビャクヤが大きな尻尾《しっぽ》を振りながら嬉《うれ》しそうに報告してくる。エイデン大好きなのが、ありありとわかる。いつの間に、こんなに懐いたんだろう。

『特にあのワイバーンなどは、我々の魔法でも届かないくらい高い所を飛んでおりますので』

なるほど。羽の部分が裂けているのを見ると、落下してきたところを、一斉攻撃みたいな感じだろうか。きっと楽しかったんだろう。

しかし、これ、どうすればいいんだ。

「みんな、自分たちが食べる分とかは……」

『すでにいただいてきましたわ』

『レッドフォーンディアが群れてたからな。これ、旨いぞ』

シロタエとハクが味を思い出したのか、涎《よだれ》を垂らしているように見える。だったら残りのも、と思ったら、これ以上はいいとのこと。

仕方がないので『収納《しゅうのう》』してから『分解《ぶんかい》』するしかない。食肉部分以外は『売却《ばいきゃく》』してしまおう。一々、街まで行かないで済むのは助かる。値段が相場かどうかはわからないけど、ぼったくられてはいないはずだ。

「あ、魔石」

魔道コンロでも使うようになったし、これから先、何か新しい魔道具を買うかもしれない。念のため、とっておこう。

「あー、でも、もうこんなにお肉がいっぱいあっても、減らないいか」

ガズゥたちがいた時は足らなくならないか心配だったのに、今は腐らせてしまうんじゃないかと思うくらい。早いところ、『収納』をバージョンアップさせたい。そしたら、こんなことで悩まずに済む。

「むぅ……だったら魔石以外全部売却でもいいか」

『五月《さつき》、五月《さつき》！　レッドフォーンディアは食べて！　本当に美味《おい》しかったのよ！』

ユキが目をキラキラさせながら、足先で大きな鹿の角をつついている。

――ふむ。鹿肉か。

熊や爬虫類の肉とかよりは、食べやすそうかもしれない。

「わかった、わかった。じゃあ、なんちゃらディアのお肉はとっておくね」

私の言葉に、なぜか皆がご機嫌になっている。私は大きな鹿を『収納』しながら、食べきれない分は、この子らにあげてもいいか、と思った。


翌朝、山の風がひんやりと涼しい。これが昼間の直射日光が当たると、暑いこと、暑いこと。

あちら側《日本》よりはだいぶマシではあるけど、夏が暑いのは同じだ。

朝の一仕事を終えると、ログハウスの中に戻り、麦茶を一杯飲む。

「さてと」

テーブルの上に置いてあったタブレットを手に取り、『ヒロゲルクン』を立ち上げる。ドッグランを作るにあたって、まずはどこに作るべきか、『地図《ちず》』を見ようと思ったのだ。

正直、山の中には、ログハウスの敷地のような広くて平らな面はない。そのためにわざわざ山を削るとなると、KPが大量に必要になるだろう。

山裾《やますそ》のあたりは、うちの敷地ではないけど、誰《だれ》の土地かもわからない。とりあえず、勝手にさせてもらおうと腹をくくる。

作業する利便性を考えると、果樹園の下に広がっている山裾の林あたりがいいかもしれない。ここは結界の効くガーデンフェンスの外側になってしまうから、カウベル必須だ。

「よし」

私は気合を入れて立ち上がった。

ガランガランと音をたてながら、果樹園の中を流れる水の流れに沿って下りていく。

ブルーベリーと桑の実はすっかり食べつくされてしまい、次は梨が生る予定で、楽しみ。

久々に通るから、道には雑草が生えまくっている。『収納』から草刈り機を取り出し、騒音とともに草を刈っていく。

『五月《さつき》様』

草刈り機の音に気付いたのか、ビャクヤが現れた。

「あ、おはよう～」

『今度は何をされるのです？』

私の後ろを少し離れたところからついてきたので、草刈り機を止めた。

「この山の下のところの林を切り開いて、ドッグランでも作ろうかなって」

『どっぐらん？』

「うん、簡単にいえば、チビちゃんたちの遊び場かな」

『……ほぉ』

なんかビャクヤの目がキランッとしたのは気のせいだろうか。

ズドドドドーンッ
勢いよく風の刃《やいば》が、林の中を飛んでいく。

『まぁまぁかしら？』

「いやいやいや、シロタエさんや、やりすぎですって」

目の前で数本の木が倒れていく。そして、その木に駆け寄るのは、三つ子たち。

「わん、わわわん（こいつ、こいつめっ）」

「うーっ、うーっ」

「わんっ（やーっ！）」

倒れた木の枝打ちのつもりなんだろうか。枝に喧嘩《けんか》売ってるようにしか見えない。木の皮までがボロボロになっている。

『ハク、ユキ、そっちを頼むわ』

『はーいっ』

『任せて～』

すっかり大人になっている二匹もシロタエ同様に風の魔法を使いこなしては、綺麗《きれい》に枝打ちしてくれる。

ビャクヤから話を聞いたらしく、さっそくシロタエたちまでやってきて、私の手伝いをし始めたのだ。

やたらめったら林を荒らされたら困るので、急いで、『地図アプリ』を参考に、ドッグランにする範囲を決めた。一応、形は長方形で長辺をかなり長めにとった。だいたい、果樹園の倍くらいだろうか。

目印になるようにと、ウッドフェンスを四隅に鍵括弧《かぎ》のように設置。その範囲にある木を軒並み切り倒してもらっている。

それがさきほどの騒ぎなわけだ。

木を倒すのはシロタエに任せておけば大丈夫なはずなので、私は枝打ちの終わった丸太状態の木をどんどん『収納』する。切り株がまだ残ってはいるものの、だんだんと視界が開けてきた。

ドッグラン予定地の外、林を抜けると少し先に川が見える。桜並木から山裾に通じる道を作っていた時に遠くに確認したあの川だろう。

確認のために川の近くまでいってみると、ただ平野を流れている大きな川なのがわかる。

「あー、けっこう、川幅大きいな」

少し大きめな船でもないと向こう側には渡れそうもない。

今まであまり大雨になったことはないし、山に住んでるから気にしなかったけれど、この川、下手すると洪水になって溢《あふ》れてくる可能性もあるんじゃないだろうか。

しかし、土手を作るっていうのも……『ヒロゲルクン』ならできるのか？

「あー。似たようなのあるなぁ」

調べてみたら、土留《どどめ》とでもいうのだろうか、土を盛って丸太を杭で支える感じのものがあった。

でも、この程度じゃ、洪水になったらあっさり流されそうだ。

「防風林みたいに、大きくなる木とかを植えたら、少しは違うか？」

土の精霊にお願いすれば、きっとすぐに大きく成長するかもしれないけど、焼け石に水かもしれない。どうしたものか。

「五月《さつき》、何をしてる？」

「へあっ⁉」

川を見ながら一人で考え込んでいたら、いつの間にかエイデンが背後に立っていた。

「あー、いや、この川、洪水になったら危ないかなぁ、って」

「うん？　さすがにお前の住んでいるところまでは溢れんだろう？」

「いやいや、今、あそこにドッグランを作ってるのよ」

「どっぐらん？」

林の中、シロタエたちのドタンバタンやっている音が響いている方を指さしながら、ドッグランの説明をする。

「なるほど。犬どもの遊び場ってことだな？」

「そうそう。だけど、この川が溢れたら、すぐに流されちゃうかなって」

「だったら、こんなのはどうだ？　ちょっと離れてろ……ほれ」

エイデンがくるりと指先を回しただけで……高さ２ｍくらいの盛り土が現れた。

「は？」

「これをだな、こんな感じで～川に沿ってだな～」

どんどんと盛り土が繋《つな》がっていって……１００ｍほどの長さの土手が出来てしまった。

「……凄いね」

「で、あろう？」

自慢気なエイデン。

もっと長く作れないかと聞けば土手の端が見えないぐらい延長し、盛り土のままでは川が氾濫した時に崩れやすいから、もう少し固めにしてほしいと言えば、まるでコンクリートのように固めてくれた。

——エイデン、チョロすぎないか。

その流れで、伐採の後の切り株も見事に山積みしてくれて、土地までならしてくれた上に、

「わんわんわんっ！（おれ、いっちばんっ！）」

「わわわんっ（ずるいぞっ）」

「わっ、わわんっ（待ってよ～）」

私の簡単な説明だけで、三つ子用の遊具の、ちょっとした小山にトンネル、滑り台、切り株を並べた平均台のような物を作ってくれた。おかげでKPを使わずに済んだので、大助かりだ。

あとは地面が土で剥き出しになってしまっているところに、芝生でも敷きたいところだけれど、今の三つ子たちでは、穴掘りでボロボロにしそうなので、やめておいた。

ドッグランの敷地は、ログハウスの周囲を囲っているウッドフェンスと同じもので囲ってみた。

出入口は二か所。一か所は、果樹園から下りてくる道。道の脇を流れるログハウスの池からの水路（小川のようなものだけど）は、そのまま水飲み場になっている。もう一か所は川のほうへ抜けるドアを追加した。その脇には新たな厩舎《きゅうしゃ》が建ててある。

この出入口は基本解放されていて、ホワイトウルフたちも中で遊んだり、休んだりできるようになっている。ウッドフェンスによる結界があるので、許可された者しか入れない。

せっかくなので、ここを作るのを手伝ってくれたエイデンも入れるようにしてあげた。あくまでドッグラン限定だ。

「お疲れ様」

私は『収納』にしまっておいた、二リットルサイズの麦茶のペットボトルを取り出す。少しぬるいけれど、ステンレス製の大きめのマグカップに入れて渡す。

――本気《マジ》で、早いところ、時間経過のない『収納』にバージョンアップしたいわ。

とりあえず、ペットボトルを小川の中に沈めておく。これで少しは冷えるかもしれない。そんなに深さもないし、流れも強いわけでもないから、流されることもないだろう。

「あ」

ふとエイデンを見て思いつく。

「もしかして、これ、冷やすことってできる？」

「うん？　できるぞ？」

手にしていたマグカップを差し出すと、エイデンの指先から白い空気が流れ出す。

「お、おおお⁉」

徐々に表面に薄っすらと氷が張りだして……このままじゃ、中まで凍っちゃう！

「ちょ、ちょっとやりすぎっ！」

「ああ、すまんすまん。小さいものは難しいぞ」

――いや、できるだけでも十分凄いんだけどさ。

マグカップ片手に、ドッグランの敷地に目を向ける。

敷地の中を走り回っている三つ子と、それを追いかけているハクとユキ。シロタエはのんびり厩舎で寝ている。

その脇にウッドデッキでも敷いて、私も寝転べるようにするのもいいかもしれない。椅子とテーブルを置いて三つ子たちをのんびり眺めるのもいいし、ガーデンパラソルみたいなのを立てるのもいいかもしれない。

「やだ、どんどん楽しくなってくるんですけど」

ちょっとニヤニヤしながら、三つ子たちを見守る私なのであった。

＊＊＊＊＊

エイデンは楽しそうな五月《さつき》の横顔を見つめ、笑みが浮かぶ。

ついこの前までは、近寄るのも拒否されていたのに、今では彼女のそばに立つことも、自然に会話をすることもできる。

子供たちがいなくなったことで、余計な人間もいない。

――五月《さつき》の笑顔を失わないようにしなくては。

エイデンはこっそり、ドッグラン周辺の結界を張る。これは五月《さつき》に悪意をもって近寄ってくる者全《すべ》てを拒絶するものだ。結界に触れた者は砂塵《さじん》と化す。

こっそりと風の精霊たちにエイデンは告げる。

『万が一、残骸《ざんがい》が残っていたら、吹き飛ばしてしまえ』

『おっけー!』

「なに?」

五月《さつき》が急に振り向いた。

「なんでもない」

エイデンがにっこり笑ってみせると、五月《さつき》は首を傾《かし》げながらも、再び三つ子たちの方へと優しい眼差しを向けるのだった。

＊＊＊＊＊

ドッグランを作り始めて一週間。

自分でも、なかなかやるじゃん、って感じに仕上がってきたと思う。

最初に作った厩舎はドッグランの中から入るタイプだったのだけれど、その背面、川側にも同じ大きさの厩舎を作った。ホワイトウルノたち全員が入れるわけではないけれど、雨風を凌《しの》げるようなのがあってもいいかなと思ったからだ。

そして、何よりもウッドデッキ！

サイズ的には、厩舎の半分くらい。それでも十分に大きい。『タテルクン』で作ったばかりの状態では白っぽい木目だったので、ニスを頑張って塗った。この時は残念ながらエイデンがいなくて手伝ってもらえず、少ししんどかった。改めて、今までのエイデンに感謝。

そこに白と青のストライプの木製のガーデンパラソル（ホームセンターで購入）と、同じデザインのビーチチェア（ホームセンターで購入）を二つ。ビーチチェアの脇には小さめなローテーブルをそれぞれに置いた。目の前がドッグランじゃなければ、プールサイドみたいだ。

それに、ドッグランの半分に芝生を敷いた。遊具のあるあたりはそのまま剥き出しの地面。穴掘りするなら、そっちでやれ、ということ。おかげで、剥き出しの地面は三つ子によりボロボロ。一応、土の精霊たちが地味に直してはいるようなんだけど、追いつかないくらいにやらかしてくれている。

果樹園側から流れている水は、自然の流れに任せているおかげか、それなりに地面が削られて小川っぽくなっていた。二リットルのペットボトルを置いておける程度の深さはあるものの、周辺が若干ぬかるんでいる。ここはＵ字溝を埋め込んで補強したほうがいいかもしれない。

私は手元のタブレットで『ヒロゲルクン』の地図を開く。今ではこの敷地も地図に表示されるようになったのだ。

「では、ここからあそこまで」

指先で、ドッグランの横を流れる小川に沿って範囲設定をすると……トトトンッと勢いよく、コンクリート製のＵ字溝で埋まっていく。

「やったね」

いきなり埋め込んだせいもあって、水が少し濁っているけれど、落ち着けば、また綺麗な水になるだろう。

一仕事を終えた私は、ビーチチェアに横たわる。涼しい風に眠気が誘われる。この風も、扇風機とかではなく、風の精霊たちの力ってのが、凄い。ありがたや～、である。

とりあえずドッグランは完成。

――次は何をしようかな。

タブレットで『ヒロゲルクン』の地図を見る。

一応、『ヒロゲルクン』の地図に表示される範囲が変わったことは、この前買い出しついでに寄って稲荷《いなり》さんにも報告をした。稲荷《いなり》さんまでびっくりしてて、彼も知らなかったらしい。確認しておく、とだけ言われてしまった。

よかったのは、土地代のお金の引き落としはされていなかったこと。

なんだかんだと、素材を買ったり、食料品を買ったりしているから、あちら《日本》の貯金額は、多くはない。いきなり引き落としとかは勘弁してほしい。

「その一方で、こっちのお金は貯まっていくのよねぇ」

ビャクヤたちが狩ってくる魔物たちを、魔道コンロを買うためにと、『売却』していたんだけど、もう買ってしまった今、こちら《異世界》のお金を使う目的がなくて、気が付いたら、けっこう貯まっていた。

「また何か使える魔道具でも買いに行ってみるのもいいかな」

私はのんびりしながら『地図アプリ』を立ち上げた。

＊　＊　＊　＊　＊

真っ白な世界の中、いくつかの透明な球体が浮かんでいる。その中には、様々な風景が浮かんでは消えていく。それを見つめるのは、白いチュニックを着た、外見は小学生くらいの男の子。金髪に碧眼《へきがん》のなかなかの美少年が、不満そうな顔を浮かべつつ、一つ、一つを指先で流していく。

「イグノス様」

大きな白い狐の姿の稲荷《いなり》が、白い靄《もや》の中からのそりと現れた。

「……なに？」

イグノスは目を向けずに返事をする。

「随分とご機嫌がよくないようで」

「ふんっ、まったく、過去に学ばない者の多いことに、イライラしてるだけさ」

「ああ……まぁ、どこにでもおりますからな。それよりも……望月五月《もちづきさつき》の敷地、増えてるんですが」

「え？」

「だから、購入した山以外も、アプリの地図に表示されているらしいのです」

「えー!?」

イグノスも予想していなかったのか、慌てて手元に大きめなタブレットを取り出す。

「……ほんとだ。ああ、ここまで手入れしてくれてたんだ。流石、五月《さつき》ちゃん」

「で、その土地の代金は」

「うん？」

「だから、購入代金。望月五月《もちづきさつき》が気にしていまして。一応、あの山の代金は貰《もら》っておりますから」

「え、あー。そうか、そうか……うーん、タダでよくない？」

投げやりに言うイグノスを、責めるように見る稲荷《いなり》。

「イグノス様がそういうなら、そう伝えますが……彼女への管理費用の支払いはどうしますか。それはさすがにタダはダメです」

「あー、今はいくら支払ってるんだっけ？」

「月に23万です」

「ん～、じゃあ、キリのいい30万で、どうよ」

「はぁ……わかりました。ちなみに、今後も開拓した場合はその分上乗せでよろしいでしょうか」

「いいよ～」

「あと、新たに購入希望があった場合は」

「え、そんな話、出てるの？　こっちはありがたいけど」

「いや、まだ出てはいませんが、万が一、ですよ。その場合、こちら《異世界》の通貨でも構いませんか？」

「どうして～？」

「彼女の日本の銀行での預金残高が、色々とあちら《日本》で買い物しているので減る一方、こちら《異世界》の方は魔物などの売却益がかなりの金額になっているようなのです」

「ふむふむ～。おお、凄い。なんで、こんなに？」

イグノスのタブレットに、五月《さつき》の銀行の預金残高と、異世界での残高が表示されている。預金残高は、なんだかんだと買い物をしていて既に１００万を切ってしまっている。その一方で、五月《さつき》の『収納』に記載されている残高は１０００万Ｇ《ゴールド》を超えていた。

「ホワイトウルフたちや、古龍《コリュウ》からの貢物《みつぎもの》の結果です」

「ああ、なるほどね」

「残念ながら、日本円への換金はできないので……」

「えー、やってあげればいいじゃん」

「……本気で言ってます?」

「ごめんなさい」

稲荷《いなり》が大きなため息とともに、イグノスのタブレットに表示されていた世界地図と同じものを空中に表示した。

「彼女の山の周辺は、どこの国にも所属はしておりませんが、面倒ごとを持ち込んでくる連中はいくらでもおります。古龍が守護してはおりますがね」

「ふむ……」

イグノスは一つの球体に目を向ける。そこに映るのは、豪奢《ごうしゃ》な服を着た昏《くら》い目をした年老いた男。その周囲に映る男たちも、物騒な顔つきをしている。

「まぁ、彼女が欲しがったら、こちら《異世界》の通貨でも構わないよ」

「よかった。日本円だと、税金とかの問題が面倒だったので助かりました」

「……お前が面倒なだけだろう」

ニヤリと笑った稲荷《いなり》に、イグノスは呆れたようにそう言った。

＊　＊　＊　＊　＊

私は、蒸し暑い中、草刈り機を振り回している。

今日はログハウスのあるほうの山ではなく、フタコブラクダの頭側の山にいる。一応、裾野《すその》の方から徐々に上に向かうように進んでいるところだ。今までまったく手が入っていなかったので、刈るべき草の多いこと。伐採しておきたい木も多いんだけど、今はKPを貯めるために、『ヒロゲルクン』は自重している。

ビャクヤたちやエイデンからの魔物の貢物は一部を『売却《ばいきゃく》』したおかげで、こっちのお金も貯まってきたので、『廃棄《はいき》』してKPへと変えるようにし始めた。ちょっと『廃棄』というワードに引っかかりを覚えるものの、背に腹は代えられない。今度は一気に、『翻訳アプリ』と『収納』のバージョンアップをしてしまいたいのだ。

手斧で伐採できるサイズの木は、自力で伐採。それよりも太い木は、ハクとユキが魔法の練習も兼ねてなのか、ドンドン切っている。

三つ子はシロタエとともにドッグラン。最近はビャクヤ一家はドッグランの厩舎に居ついている。山頂の巣穴周辺は標高がそこそこあるにもかかわらず、日差しが厳しく暑いらしい。ドッグランは水場が近いのと周囲が木々に囲まれているせいか、過ごしやすいそうだ。

「さてと、ここでいったん休憩～！」

『もう、いいの？』

『おれたちなら、まだいけるぞ？』

「力が有り余ってるのはわかるけど、私のほうが体力もたないのよ」

草刈り機を置いて、小さなビニールシートを『収納』から取り出すと、草のなくなった斜面に敷いて腰を下ろす。

手にした水筒はガズゥたちにあげたのと同じタイプで、中身はスポーツドリンク。粉末のを大量買いしておいてよかった。

「はー、生き返るわ～」

そういえば、あの子たちは無事に村に着いたのだろうか。スノーが護衛でついていったらしいけれど、まだ彼も戻ってきていない。かなり遠いってことなんだろう。

ハクとユキは、長い舌をだらしなく垂らしながら、地面に横たわっている。せっかくの白い毛が土塗れ、草塗れになっているけれど、彼らは気にしていない。

小さい頃は、ログハウスの敷地の池によく飛び込んで遊んでいたが、ここまで大きくなってからは、そんな姿は見たことがないのを思い出す。

「あなたたち、水浴びとかしないの？」

『しないわ』

『遠くに行った時に、大きな池とかがあったら、かなぁ』

さすがに今の大きさでは、敷地の池のほうが小さいのだから、当然か。だったら、ドッグランの傍《そば》に水浴びできる場所を作ってもいいかもしれない。

どうせなら、専門の業者みたいな人に頼むことができたらいいんだろうけど、現地人での知り合いなんて、キャサリンやガズゥの身内しかいないし、連絡するにも遠すぎるし、その方法もない。

『地図アプリ』を見てみても、最寄りの街は、あの門を壊しちゃったところ。そういえば、もう、あの門は直されただろうか。

「稲荷《いなり》さんの伝手《つて》とか、こっちでは使えないのかなぁ」

土地の話のついでに、その辺の相談もするために、明日にでもあちら《日本》に行ってみるか。

「よーし、もうひと踏ん張りするぞー」

『行くぞー』

『いぇーい！』

二匹とも元気だなぁ、と思いながら、私はすっくと立ち上がった。


翌日、いつもの買い出しの帰り道に、キャンプ場の管理小屋へ立ち寄った。

管理小屋の裏手に、ジュースやアイスモナカを売っている自動販売機があったのは知っていたものの、今まで買うことはなかったので、今回初めてアイスモナカを買ってみた。

あっちではアイス自体食べられないから、贅沢な気分だ。

管理小屋の中は、時期的なこともあってキャンプ場の利用者が多いようで、人がひっきりなしに出入りしている。アイスモナカを食べながら、稲荷《いなり》さんを待つことしばし。

「いやぁ、お待たせしました！」

最後の一欠片《かけら》を食べようとしているところに、稲荷《いなり》さんが麦茶の入ったコップを二つ持って現れた。

「忙しいのに、すみませんね」

「いえいえ、バイトの子たちがいるんで大丈夫ですよ」

カウンターにいるのは、いつもいる男の子とはまた違う子だ。他にも女の子がいる。

「あの子たちは近くの高校や大学のキャンプサークルの子たちなんですよ」

「へぇ～」

私の学生時代には聞かなかったけれど、今時はそんなサークルもあるのか、と感心する。

「さてさて、まずは土地の話をしてしまいましょうか」

イグノス様からのお話では、自分が手を入れた土地はそのまま私の土地扱いをして構わないとのこと。これから先も？　と思ったら、それもＯＫ。太っ腹だ。こっちとしてはありがたい話ではある。

その上、今後購入する場合は、あちら《異世界》のお金でもいいのだとか。そうすれば、こちら《日本》での面倒な手続きなどをやらないで済むんだそうだ。諸々を稲荷《いなり》さんにお任せしていることを思い出し、心の中で、お手数おかけしてすみません、と手を合わせておいた。

「それと、職人とか商人とかの伝手ですか……」

うーんと、顎《あご》を撫でながら、考え込む稲荷《いなり》さん。

「うちの奥さんにでも聞いてみましょうか」

「あー、ガズゥたちの服を用意してくださった？」

「そうそう……とりあえず、奥さんのほうが色々と知っているでしょうからね」

「お願いします」

少しだけホッとした私は、目の前に置かれていた麦茶を口にする。

「あ、もう一つ！」

「はい？」

「毎月のお給料ですけど」

「はい」

「30万に変わりましたので」

「へ？」

「ほら、望月《もちづき》様の敷地が増えたじゃないですか、なので、その分増量だそうです」

「えーーーーっ⁉」

予想していなかった私は、思わず声をあげてしまった。


稲荷《いなり》さんに職人をお願いして一週間。

さすがにすぐには連絡は来ないし、当然、人も来ない。

後から聞いた話では、なんでも稲荷《いなり》さんのお宅ってば、ガズゥたちと同じ国にあったらしい。といっても、ガズゥたちの村とは真逆、なんちゃら帝国（覚えられん）の方に近いんだとか。

そのガズゥたちの村は、まだスノーが戻ってきていないことを考えても相当遠いのは私でも予想がつく。こればかりは気長に待つしかないけど、冬になる前には戻って来てほしいものだ。

その間、私は山の草刈り三昧《ざんまい》だ。

どんなに草刈りしても、すぐに伸びてくるのは自然の力の強さってもんなんだろうけど、おかげでKPも地味に増加中。いや、精霊たちのおかげで、それなりに貯まってるけど、『収納』をMAXにするには程遠い。

今日もフタコブラクダの頭の方の山で草刈り中。その最中に、背の高い木の枝に下がっている、ラグビーボールの倍くらいの大きさのハチの巣を見つけた。

その周りを飛んでいる、複数のかなり大きなサイズのハチ。クマンバチとか、スズメバチみたいなのだったらどうしよう、と思って『鑑定』してみたら、普通にハチミツを集めるハチだったことにびっくり。

あれだけの大きさであれば、たっぷりハチミツを貯め込んでいそう。

しかし、虫よけの防護服みたいなのは持っていないし、下手に巣に触れたら壊しそうだし、追っかけられたら嫌だし、で断念することにした。

「うーん、残念」

『なにが、ざんねん？』

いつのまにか肩に座っている風の精霊。それも二人も。なんか、かわいい。

「ハチミツ欲しいなぁと思ったんだけど、あんなに高い所だし、取れたとしてもハチの巣を壊しちゃいそうだなぁってね」

『なんだ、だったら、ほしいっていえばいいのに』

「へ？」

『さつきにだったら、あのこたちもわけてくれるよ？』

「は？」

『おーいっ』

風の精霊が声をあげると、飛び回っていたハチの動きが止まる。え、やだ、恐い。

『おーい、だれかー』

もう一人の精霊の呼び声に、しばらくしてハチの巣の中から一匹、他のより一回り大きなのが出てきた。

――もしかして、あれは女王バチ⁉

『あのね、さつきがハチミツがほしいんだって』

『わけてあげてよ』

「いやいやいや、今すぐには無理でしょ⁉」

私だって、ハチミツを入れるような器はない。

『うん、うん、なるほどね』

『えー、なにそれー』

『まぁ、きみたちもたいへんだよねー』

私を放置して、彼らの間で話が進む。残念ながら、虫との会話は聞こえない。

『そっかー、じゃあ、きいてみるよ……あのね、さつき』

「何？」

『なんかー、さいきん、でっかいゴモクハチっていうのが、このやましゅうへんにはいりこんできたんだってー』

「ゴモクハチ？」

『そー。そいつらが、はなのみつをとりにいくはたらきばちをたべちゃうんだってー』

『このやまのなかににげこめば、おってこないらしいんだー』

『でも、はなはやまのそとのほうがおおいんだって』

『だから、おそわれるのをかくごで、やまからでてるんだってー』

魔物は山の結界の中には入れないけど、普通の虫や動物は出入り自由のようだ。もしかして、そのゴモクハチは魔物？　魔虫？　なのかもしれない。

「確かに、今花が咲いてるのって、立ち枯れの拠点にあるハーブくらいだもんね。ログハウス近くのバラも、もう散っちゃってるし」

『そうそう、はるさきははながいっぱいあったんだけど、いまのじきはねー』

緑の美しい山ではあるんだけど、ミツバチたちにとっては、それでは足りないということだ。

『だからー、おはなをたくさんうえてくれたらー、はちみつをわけてもいいってー』

「え、本当⁉」

目の前の女王バチ、くるくると回ってる。それは、イエスということだろうか。

「だったら養蜂箱を用意するわ。そうすれば、今あるハチの巣を壊さなくてもいいしね」

私の頭の中には、朝の時間帯に放送していた某テレビ番組の養蜂箱が頭に浮かんでいる。

四角い枠をいくつも重ねてあるやつで、ハチの巣が育ってきたらどんどん下に重ねていき、上のものから切り離していくタイプ。実はちょっとやってみたかったのだ。

「それに、お花畑ね。これからの季節に、何がいいかわからないけど……後で調べてみるわ」

女王バチがぐるんぐるん回りだしたせいなのか、他のハチたちまで、私の周りをブンブンと飛びまくってる。

まさか、女王バチは、私の言葉がわかるのだろうか。

——異世界のハチ、すげぇ。

でも、デカくて力強い羽音が、ちょっとだけ怖かった。


翌日、さっそく軽自動車で、ホームセンターに向かうことにした。

まずは、養蜂箱そのものが販売しているかどうか、だったけれど、あるにはあった。

しかし。

「あ、小さい」

そうなのだ。あのハチが出入りするための入口の部分が小さいのだ。それに、箱自体の大きさも。

たぶん、すぐにいっぱいになりそうだ。

「うーん、でも、作りとか調べるのに見本で買っとく？　これでいけるなら、いってもいいし……

いやぁ、でも、やっぱり小さいよね」

悩んだ末、一台だけ買うことにした。自分で作るにしても、仕組みがわからないと無理だし、実物があるほうが、なんとかなりそうな気もする。

念のため、本当に念のため、白い防護服も買った。風の精霊たちのことを信用していないわけではないが、私の安心感のためだけに買ってみた。

そして、一番肝心なのは、この時期に咲いている花の苗だ。種から育ててもいいんだけれど、精霊たちに手伝ってもらうなら、苗からのほうがもっと早いだろう。

花の苗にも色々あって、一年草、多年草、宿根草と分かれていて、植えっぱなしでいいのは、宿根草のようだ（多年草はこれに含まれるらしい）。

「むー。無難なのは、やっぱりハーブ系かなぁ」

立ち枯れの拠点でにょきにょきと育ったローズマリー。鉢植えのではなく、私が『整地《せいち》』したところに植えたのが、今では元気いっぱいに育っている。あの山の土でハーブ系がどこまで育って増えるか、予想がつかないけど。精霊たちはりきりそうだ。（遠い目）

とりあえず、目についたハーブの苗（カモミール、マロウ、エキナセア、セージ）をそれぞれ三個ずつ、ショッピングカートのカゴの中へと放り込む。

セージもエキナセアも、確か風邪に効くと聞いたことがある。どう使うのがいいのかわからないので、今度、ハーブの本も買ってみよう。

「あとは……うん？　甘い匂《にお》いがするのは……おお！」

まさかのジャスミンの苗。

札にはつる性と書いてあるから、支えがないとダメなやつだろう。ウッドフェンスのところに這わせてもいいかもしれないけど、あんまり匂いが強いと、ホワイトウルフたちが嫌がるだろうか。

「でも、一株くらいはいいか」

ハチの巣のある場所ではなく、別のところに植えてみるのもいいかもしれない。

その他に秋に咲くバラの苗木もいくつか買った。トンネル側の道に、まだ植えられるスペースはありそうなので、あそこに植えてみようと思う。

それと草花だけではなく、暑い盛りに咲く木の花も押さえておきたくて、この時期に花が咲いている苗を探してみる。

「サルスベリ？」

猿も滑るっていうアレだ。ちょっと大きめな苗は、いい値段する。

「でも、きっとあったほうがいいよねぇ」

増やし方を調べるべく、スマホ登場。久々のネット検索。

「挿し木で増やせるんだったら……うん、買いかな」

さすがに一番デカくて花の咲いているのは、万単位だったので、それよりも小ぶりの苗木を二株選んだ。あとは、ログハウスで増殖に挑戦だ。

同じ並びにツバキの苗木があったけれど、これも挿し木で増やせるようだ。

これは夏じゃなくって冬以降に花が咲く。実がなれば、椿油《つばきあぶら》も作れそうな気がする。想像したら、ちょっとワクワクしてきた。

無事に全ての苗木や買い足し、色んな物を軽自動車に載せてホームセンターから戻った翌日。

さっそく花や樹木を植えることにした。

植える場所は、当然ハチの巣の近く。

と言っても、ハチの巣のあるところまで、きちんとした道はない。たまたま下草を刈っている途中で見つけただけなのだ。どうせなら、そこまでの道を作って、道沿いに花を植えていくほうが綺麗だろう。

ちなみに、ハチの巣があるのは、桜並木の道を下る途中を右折して、フタコブラクダの頭側の方へしばらく入ったところだ。

スーパーカブで分岐にあたる場所までやってきた私。荷物は全部『収納』の中。

まずは、ハチの巣のところまで道を作る。幅は人が二人歩けるくらいだろうか。これはKPを使うのに躊躇《ちゅうちょ》はない。しっかり『整地』して、苗を植えるためにも足場を固めていく。その上には少しピンク色の砂利を敷いていく。

最初は、店頭にあったウッドチップが気になって、せっかく手持ちの木材があるんだから自分で作って、それを撒《ま》くのもアリかなとも思った。しかし調べてみると、乾燥しているような土地じゃないと、カビてしまうことがあることがわかったので、今回は砂利を選択した。

一度草刈りが済んでいるおかげで目安がつけやすく、『整地』はさくさくと進む。斜面だったところが、『整地』によって土が平坦になる。ハチの巣の少し先で止める。ここは少し広めにした。

突き当たりの広げた所にセージを植える。花の色は白、ピンク、紫だ。

その突き当たりから桜並木方面に戻りつつ、右手にカモミールの苗を植えていく。買ってきたのは三つだけど、一度手ずから植えてしまえば『ヒロゲルクン』でも苗を植えられる。道沿いに白い小さな花が並んでいる。間隔を空けているから、少し寂《さび》しい感じがする。

「あとは、上の斜面側は……エキナセアを植えて、ハチの巣のあるあたりから先、突き当たりのところまではマロウっと」

私が苗を植えていく先から、土の精霊たちは張り切ってハーブを育てていく。間隔を空けていたはずなのに、気が付くとけっこうモリモリに育ってしまっている。でも、そのおかげなのか、すでにハチたちがブンブンと飛びまくっているから、良しとしよう。

あと残りは、ジャスミン、サルスベリ、ツバキの苗木。

こちらは、それほど急ぎではない。一応、サルスベリとツバキの挿し木用の枝は午前中のうちに確保済み。ちゃんと黒いポットに挿してある。土の精霊のおかげか、挿し木にも艶々《つや》とした葉を茂らせている。さすがにまだ小さいので、もう少し大きくなってから地植えにする予定だ。

「ツバキとサルスベリは、山裾の方がいいかな」

エイデンの建てた大きな東屋から、山から下りてくる道の門のところまで、ぐるりと植えてみるのがいいかもしれない。

ジャスミンは、桜並木の道を下りきった門から湧《わ》き水《みず》の小さな橋のところの間。今あるガーデンフェンスでは低すぎるので、もう少し高さのある柵に付け替えれば、大きく育っても足りるだろう。

色んな花のハチミツが手に入れられそうと、ワクワクしてきた。

苗木を植え終えた翌日から、さっそく養蜂箱にチャレンジした。

「よし、完成〜！」

目の前に並ぶ、五個の養蜂箱。出来上がるまでに三日かかった。

一度、買ってきたのを組み立ててみて仕組みを理解してから、まず自力で一つ作ってみた。

購入した物の１・５倍の大きさにしたので、材料となる板や棒の準備に少し時間がかかった。

底のない升のような四角に十字に細い木の棒を通す。これは大きくなった巣を落とさないようにするためらしい。これを四個ほど重箱のように重ね、その上に少し細目の升にすのこ状に板を張る。暑くなった時の給気口になるらしい。その上に天板をつけると完成。ここまでで一日半かかってしまった。

ホームセンターで買った養蜂箱には、ハチをおびき寄せるための蜜蠟《みつろう》がついていたけれど、こっちのハチに効くかはわからないので、使っていない。

でも一度自分で作ったおかげで、『タテルクン』のメニューに『養蜂箱《ようほうばこ》』が追加された。これはもう、ドンドン作るしかない。

というわけで、最終的に出来たのが五個。買ってきた小さいのは見本ということで『収納』行きだ。

設置した場所は、

・果樹園
・桜並木の中間
・トンネル側の道の中間
・立ち枯れのハーブの脇
・ジャスミンの柵の中側
この五か所。

果樹園も桜並木も花の時期は終わってしまっているけど、来年のために設置した。他のところも、少し時期外れだったり、花がまだ多くなかったりするけど、少しでもこちらにも巣を作ってくれたらいいな、と思う。

ハチミツも楽しみだが、蜜蠟とかも期待している。できたら蠟燭《ろうそく》とか、ハンドクリームなんかも作ってみたい。まさにスローライフって感じだ。

「一応、設置したけれど、精霊さんからハチたちに場所を伝えてくれない？」

最後に設置したのは、立ち枯れのハーブのそばの養蜂箱。それに寄りかかりながら、風の精霊にお願いをする。ここはハチの巣のある斜面の裏手にあるからだ。

『だいじょうぶよ。もう、あのこたち、ばしょ、わかってるから』

「え？」

『さつきはきづいてなかったようだけど、はたらきばちたちが、さつきのあとをおいかけてたのよ？』

「そうなの？」

『ほら、とんできたわ』

風の精霊の言葉に、空を見上げると、一匹、二匹と飛んできている。

「そ、それにしても、大きいねぇ、君たちは」

大きく育ったローズマリーの花の周りに、ミツバチたちが飛んできて、養蜂箱の入口にも入り込んだ。1・5倍サイズの入口にばっちりなもよう。

『そりゃそうだよぉ』

返事をしたのは、風の精霊。

「うん？」

『だって、さつきのうえたはなたちのみつでそだったんだぜ？』

「……うん？」

『おおきくなるのも、とうぜんじゃん』

『こいつらは、さくらのはなのみつでそだったんだろうねー』

『はたらきばちたちは、もう三せだいめくらいじゃない？』

『おおきくもなるよねー』

「……」

――現実逃避しても、いいかなぁ。（遠い目）

そんな私をよそに、ミツバチたちは、嬉しそうに飛び回っている。

「それにしても、ここもようやく雑草が生えてきたねぇ」

瘴気《しょうき》のせいで禿《は》げ上がっていた地面が、両サイドに植えた果樹によって浄化されたようで、中央の湧き水の流れ周辺にまではいかないものの、果樹の根元の方から徐々に雑草が生えてきている。

子供たちがいた時には忙しさで目が向かなかったけれど、こうして落ち着いてみれば、ここもまだまだ中途半端《ちゅうとはんぱ》な状態だったのに気付かされる。

「排水用の溝、塀の少し先までしか作り込めてなかったもんなぁ」

ガズゥたちが狩りに行っている間、キャサリンとサリーの二人に、ハクとユキが作った溝の先を延長してもらったのを思い出す。

キャサリンに至っては、土の魔法の練習も兼ねて、と溝の側面を強化して崩れないようにしてくれていたのには驚いた。

土を掘っている時に水の流れで土が崩れていくのを見て、『アースウォール』をコントロールするために、土の強度を高める練習方法を教わっていたのを思い出したのだとか。

今にして思えば、貴族のご令嬢に何させてるの、と言われそうである。

「あ。もしかして、土の精霊さんにお願いしたら、これと同じことってできたりする？」

思わず、私の周りを飛び回っている精霊に声をかけてみると。

『なになに、このみそのこと？』

「そう。こう、同じ幅でこんな風に固くしながら伸ばすことってできるのかなって」

『できるできる』

『よゆうよゆう！』

そう答えたかと思ったら、ズズズズズッという音とともに溝が真っすぐに伸びていく。

「おおお、す、凄いっ」

『さつき〜、どこまでのばす〜？』

「え、どれくらい伸ばせるの？」

『どこまででも〜』

そう言っている間にも、溝は伸びていき、ついには果樹でできた結界の際《きわ》、まだ浄化しきれずに黒ずんだ土が少し残っているところまで行き着いてしまう。

「あ、あ、いったん、ストップ！」

『すとっぷ？』

「と、止まって！」

『はーい！』

――うん、見事に真っすぐな排水溝……いや水路というべきか……ができたね。（遠い目）

『ねぇねぇ、あれ、またみずがあふれてるけど、どうする？』

「あー」

水路の先で水が滲《にじ》んで広がっていく。そのままでもいいかな、とも思ったけれど、どうせだったら大きな池が作れないだろうか、と思ってしまった私。チラリとハクとユキが泳いでいる姿がよぎる。

土の精霊にチロリと視線を向けて問いかける。

「あそこに、大きな穴って作れる？」

『どれくらいのおおきさ？』

「そうねぇ。うーん、ドッグランくらい？」

けっこう広いけど、せっかくなら大きい池にしてもいいんじゃないかと。ちょっと気軽に言ってしまったら。

『できるできる～』

『かんたんかんたん～』

ドゴンッッ
もの凄い音とともに、土煙が舞った。

——精霊たち、加減しないよねぇ。

苦笑いしながら、ゆっくりと穴の方に近づいていくと、隣の山の方から黒い影が二つ飛んできた。

「ど、どうしたっ！」

『なにごとー⁉』

人の姿で焦《あせ》ったような顔をしたエイデンと、エイデンとサイズが同じくらいになってしまったノワールがワタワタしながら現れた。

土煙が落ち着いて目の前に現れたのは、若干崩れた瓢箪《ひょうたん》のような形の大穴。

深さは2mはないくらいか。私が入ったら、完全に水没する。そこに、細い水路から水がちょろちょろと流れ込んでいる。まだ地面を濡《ぬ》らす程度で、溜《た》まってはいない。

「なんだ。そんなことなら俺に言ってくれれば、もっといい穴を作ってやるぞ？」

私の隣に立って、顔を覗《のぞ》き込みながら言ってくるエイデン。

『そうだぞ？　エイデン様なら、もーっとデカいのだって作れるぞ？』

ドヤ顔で言うのはノワールだ。

――別にお前さんが凄いわけではなかろうに。

やっぱり、親みたいな存在のエイデンには、何かしらの思い入れがあるんだろう。

――この子は私の従魔のはずなんだけどなぁ。

『しつれいね！　わたしたちだって、やろうとおもえばできるわよ！』

『そうだ、そうだ！』

騒々しいのは土の精霊たち。

「五月《さつき》、もっと大きくしてやろうか？」

「いえ、結構《けっこう》です」

エイデンに任せたら、とんでもなくデカい湖でも作ってしまいそうだ。私にはあれで十分だ。

「それで、この池はどうするんだ？」

「うーん。どうしようかなぁ」

「ふむ……だったら、ここに魚でも住まわせるか？」

「魚？」

確かに、水が溜まればそこそこ大きい池になるだろう。錦鯉《にしきごい》でも泳いでたら、なかなかいい感じになるかもしれない。いや、観賞用よりも、食べられる魚のほうがいいだろうか。

――水草とかもあったほうがいいかな。

――スイレンとか浮いてたらいいよね。

――中に石とか入れて日陰があるほうがいいのか？

――だったら、この池周辺も木陰を作ってあげないとかも？

――そこでホワイトウルフたちが泳ぐ姿は……ダメだな。

まだ水の溜まらない穴を見つめながら、妄想が止まらない。

「おーい、五月《さつき》、聞こえてるか？」

「ハッ、あ、ごめんごめん」

「ふむ、魚は欲しそうだな」

「そうねぇ……それよりも、まずは石が欲しいんだけど」

「石？」

「そう。魚の隠れ家になりそうな、そこそこ大きめな石」

「ふーむ」

腕を組みながら考え込むエイデン。

『城の裏手の岩を持ってきたらどうですか？』

ノワールの言葉に、エイデンの視線が城のある山の方に向かう。こっちからは木の陰になって城は見えない。

「いいな。じゃあ、いくつか運んでこよう」

そう言ったと同時に、エイデンはいきなり飛んでいった。人の姿で空を飛ぶ様子は、いまだに不思議だ。

『俺もいきますー！』

追いかけていくノワールを見送りながら、この穴より大きい石、持ってこないでね、と心の中で祈った。


穴に水がいっぱいになったのは、穴が開いてから三日目。

荒地が目の前に広がる中、ぽっかりと大きな池のある風景は異質な感じがしてしまう。

穴が出来た時点で、目についた黒ずんだ土の部分、つまり瘴気で汚れている部分は表面から深さ50㎝ほどあることに気が付いた。ここでKPを使うのはもったいないか、とも思ったけれど、黒ずんだ部分が見えているほうが嫌だったし、万が一、水にも影響が出るかもしれない（ちなみに水路の部分はすでに浄化が終わっているのは『鑑定』で確認済み）。

試しに池の周辺、約1ｍ程の幅を『整地』してみたら、地下の部分も浄化されたようでなによりだ。

水面は地面の縁《ふち》、ギリギリのところまで溜まり、池の中央には白っぽい岩の先端が飛び出ている。水が澄んでいるおかげで、中央に大きな岩、その周りが小さめな岩で囲まれているのがわかる。

予想に反し、ほどほどの大きさの岩を持ってきたエイデンとノワール。なかなかいい感じに積みあげてくれたので、合格と言っていいだろう。

「水草は、あっちの大きな川の方にでも見に行ってみればいいかな」

土手をエイデンに作ってもらって以来、行っていないものの、水場周辺の草などはいくらでもあるだろう。

「ついでに魚でも獲ってきてもいいかも……って釣りのセンスはないからなぁ」

さすがに、自力で罠《わな》を作る情報は持っていないので、あちら《日本》に行った時に調べるなり、買ってくるしかない。

強い日差しの中、ぐるりと水辺を歩く。やっぱり、木が欲しい。

「川べりにある木っていうと……柳？」

単純なイメージだけど。そもそも柳の苗木はいくらくらいするのか、想像もつかない。

「これも、あっち《日本》にいって調べてからにしようか」

「何を調べるのだ？」

「うわっ⁉」

またいきなり現れるエイデン。背後から覗き込むのは、やめてほしい。

「びっくりしたぁ」

「すまん、すまん。で、何を調べるというのだ」

「あー、ここに木を植えたら、木陰になっていいかなーって、思ってね」

「ふむ」

「ここに椅子とかテーブルとか置いて、涼んだら気持ちよさそうじゃない？」

「なるほど。となると、かなり大きな木がよかろうな」

「え」

「よし、任せろ」

そう言って、また、どこかに飛んでいったエイデン。

「……今度は、何持ってくる気……ていうか、浄化してないところに植えても枯れちゃうんじゃないの？」

とりあえず、すでに『整地』してある範囲よりも幅を広げて『整地』を終えると、立ち枯れの拠点の中の東屋へと戻ろうとした。

気が付くと、ホワイトウルフたちが数匹、近寄ってきた。

「何、どうしたの？」

残念ながら、この子たちとは会話はできない。

それでも何かしらの意思表示をしているようで、立ち止まった私のそばにしゃがんだ子は、鼻先を荒野の方へと向けている。他の子たちも同様だ。

「……何か、来るのかしら」

ホワイトウルフたちは苛立っている感じではないので、魔物や盗賊みたいなのが来るわけでもないようだ。

「あ、もしかして、稲荷《いなり》さんの奥さんが手配してくれた人かな？」

そう期待して荒野の方を見つめた。

ホワイトウルフたちが見つめた先には、小さな土埃《つちぼこり》があがっていて、それが徐々に近づいてくる。

その先頭にいるのは、かなりのスピードで向かってきている大柄なホワイトウルフ。

『五月《さつき》様～っ！』

テンション高めな若い声で、スノーだとわかったので、大きく手を振る。

「おかえり～、って、あれ？」

スノーの後ろから、追いかけてくる人影がいくつか見える。

一つは小さめ、残りの人影はかなり大柄に見える。スノーのスピードについてきているあたり、普通の人間じゃない。

一瞬不安がよぎるも、スノーが気にしていないようだし、他のホワイトウルフたちも尻尾《しっぽ》を振りまくっているくらいだ。大丈夫なのだろう。

ジーッと見ていると、姿が徐々に大きくなってくる。

「さつきさまぁ～！」

「ガズゥ⁉」

すでに懐かしいとすら感じるその声に、思わず大声をあげてしまった。

そのガズゥが駆け寄ってきたかと思ったら、思い切り抱きついてきた。

「ぐえっ⁉」

子供とはいえ、獣人のガズゥ。思わず、うめき声をあげて、数歩後ろに下がる羽目に。

「サツキさま、サツキさまっ！」

ギューッと抱きしめながら、ぐりぐりとお腹《なか》の辺りに頭をこすりつけてくるガズゥ。

「が、がず……ぅ、く、くるし……」

「はっ⁉　ご、ごめんなさいっ！」

ガズゥが慌てて離れたので、私のほうもなんとか息ができるようになった。

「はぁ、はぁ、はぁ、ど、どうしたのよ？」

「お、おれっ、ここでサツキさまをおまもりするっ！」

「は？」

息も切らさずに、ニカッと笑ったガズゥに、私はあっけにとられる。

格好は、この前渡したTシャツにジーパンだ。私のお手製リュックも背負ってる。ちゃんと村まで戻っていないのだろうか。

「え、でも、おうちには？」

「うん、かえった」

「そう。お父さんたちとは会えたのね？」

「うんっ！　それでねっ、それでねっ！」

「そこから先は私から話させていただけませんか」

「えっ？」

いつの間にか、目の前にとても大柄な……見るからにガズゥと血が繋《つな》がっているのがわかる大人の男性の獣人が立っていた。

年齢にしたら、私と同じくらいか、少し上くらいだろうか。厳《いか》つい顔立ちのせいか、ちょっと威圧感を感じる。

見上げるような身長は、エイデンにも引けを取らない。大きめな獣の耳と、腰くらいの長さの白銀の髪は太い三つ編みで一本にまとめられている。大きな尻尾はゆっくりと左右に揺れている。

今は、可愛《かわい》いガズゥだけど、いつかこんな風になるんだろうか。いや、もしかして母親似なのだろうかと、ちょっと思ってしまった。

その大柄な男性が、いきなり目の前で跪《ひざまず》いて、頭を下げた。

「初めてお目にかかります。ガズゥの父、ネドリと申します」

「え、あ、はい。あの、望月五月《もちづきさつき》と申します。あの、どうか、その立ってください」

「はい、では失礼して……」

ネドリさんの後ろには、彼より少し小柄でもう少し若い男女の獣人が立っていた。

この前ガズゥたちを迎えに来たナバスさんに似た黒毛の狼獣人の二人が、目をキラキラさせながら私を見ている。

立ち話も何なんで、エイデンが作った大きな東屋の方へと案内する。

ネドリさんはかなり身軽な様子だけれど、後ろにいた若者二人は大荷物を背負っている。東屋の外にドサリと置く音からも、重さが伝わってくる。アレを担《かつ》いで、猛スピードで走ってくる獣人の体力、恐るべし。

私は『収納《しゅうのう》』から麦茶のペットボトルとプラスチック製のコップを取り出す。常備しておいて正解だ。

「(あれって、マジックバッグかな)」

「(すげーな)」

若者二人が何やら話しているけれど聞き取れなかったので、そのまま麦茶を入れてテーブルの上に並べていく。

ガズゥはさっさと私の隣に座るけど、大人組はまだ東屋の外で遠慮している。

「どうぞ、座ってください。どうぞ、どうぞ」

先に座ったネドリさんが若者たちにも座るように促すと、ようやく皆テーブルについた。

「えーと、ガズゥのお父様、わざわざ、ここまでいらしたのは……」

「はい、サツキ様には、息子たちを助けていただいた上に、色々と面倒を見ていただいたそうで、ありがとうございました。そのお礼にあがらねばと。村の者がお邪魔させていただいた時には、慌ただしく、何もお返しする余裕がございませんでしたので」

「いやいやいや、ガズゥたちのことは、大人であれば当然のことをしたまでで……第一、彼らが無事だったのは、私がというよりも、ホワイトウルフたちが見つけてくれたおかげですし」

思い返してみても、ごはん作って、風呂《ふろ》に入らせたくらいだ。むしろ、草むしりさせたり、狩ってきた魔物の肉を分けてもらったり。私のほうが大したことしてなくて恥ずかしすぎる。

「いえいえ、それだけではございません。様々な物を子供たちに授けていただいたおかげで、無事に戻ってくることができました」

単純に、村に戻るまでに不自由しないように、と思うものを渡しただけな気がするんだけど。それで無事に戻れたんだったら、よかった。

「あの夜に光るランプや、水のなくならない水筒。それにボルダの実の苗までいただいて……一番は『ウメ』でしたか、その苗のおかげで、村がより一層、安全になったのです」

途中、なんかおかしなことを言っていた気がしたが、それよりも、梅の苗木のことのほうが気になる。

「ちゃんと根付きましたか？」

「すごいんだよ！」

ガズゥが身を乗り出して、私の顔を覗《のぞ》き込んでくる。

「サツキさまにいわれたとおりに、うめのなえぎを、むらのよすみにうえたんだ」

植えた翌日には、大きく育っていたらしい。そして、村人たちの出入りは問題なかったこと、小さい魔物（ネズミのようなモノらしい）が入って来れなかったことを確認したそうだ。

無事に結界が機能しているようで、一安心だ。

「ボルダの苗木も、『ウメ』の木ほどではありませんが、しっかり根付いてくれたようでして。あのような貴重な苗木までいただきまして、本当に感謝しております」

「いえいえ、無事に根付いてよかったです」

「それで、村から感謝の気持ちを込めまして、いくつか品物をお持ちしてましして……」

座っていた若者二人がスッと立ち上がると、東屋の外に出ていった。

彼らが荷物から取り出して持ってきたのは。

「これは魔石ですかね？」

私の掌《てのひら》に乗るくらいの大きさのピンク色の魔石が二個。光の加減で、中の濃淡がはっきりするようになっているようだ。

手渡されて、思った以上に重いのに驚く。

「ええ。これは私が昔、まだ冒険者だった頃に狩ったレッドワイバーンの魔石です」

「ワイバーン⁉」

「大きさにしても、大きめなフォレストボア程度で、ワイバーンにしては小さかったので私単独でも狩れたんですがね」

苦笑いしているネドリさん。

大きめなフォレストボアというと、前にエイデンが狩ってきたヤツくらいだろうか。思い出してみても、けして小さくはないと思う。

「これって、大事なものじゃないんですか？」

エイデンやビャクヤが狩ってくる魔物の魔石、大きいのは使い道ないから『売却《ばいきゃく》』してたけど、けっこういい値段になっていた記憶がある。

「ガズゥたちが世話になったのです。これくらいのモノでも足りません」

ネドリさんがそう言うと、若者たちは綺麗《きれい》なオフホワイトの毛皮の束《たば》をまとめて渡してきた。ガズゥたちの村の北にある山に多く生息しているユキシロと呼ばれるウサギの毛皮だそうだ。ホワイトウルフの毛よりも細くてふわふわしている。肌ざわりが抜群だ。

その他にも手作りと思われる革製の手甲みたいな物やアクセサリー、草木染なのか、淡い青や緑、黄色の布がどんどんテーブルの上に載せられていく。

あの大荷物の中にこんなに入っていたのか、とびっくりする。

「最後に」

そう言ってネドリさんから三つの革袋が差し出され、その中を覗いてみる。

「……種でしょうか」

「はい。ガズゥからサツキ様は植物を育てるのがお好きだと聞いたので、我々の村周辺の果実の種をお持ちしました」

一つは桃の種くらい、もう一つは梅の種くらい、最後は鳥の餌みたいに小さい。

「ジェガの実の種、ネディラの実の種、ブラッドシードの種です」

名前を言われてもなんの種かわかんないが、わざわざ持ってきていただいたモノなので、ありがたく受け取る。

「それと……大変、申し上げにくいんですが……」

「サツキさま！　おれをサツキさまのきしにしてくださいっ！」

隣にいたガズゥが立ち上がって、いきなり頭を下げた。

「は？」

顔を上げたガズゥは、かなり必死な顔になっている。

こちら《異世界》にはキャサリンの父親のような貴族も普通にいたし、彼らを守る護衛もいた。ガズゥの言う『きし』とは『騎士』だろうか。

「サツキさまをおまもりしたいのです！」

キラキラした目で見つめられて困った。

子供のガズゥに護られるって、どうなのか。確かに、彼ら獣人の身体能力の高さは、散々見ているが、ガズゥはまだ子供だ。

そんな私の困惑に気付いたのか、ネドリさんが苦笑いを浮かべている。

「すみません。ガズゥが、どうしてもサツキ様にお仕えしたいと申しておりまして」

それはサリーみたいに雇うってことだろうか。そもそも仕えるとか、私は別に貴族でもなんでもないんだが。

「ガズゥは、まだまだ子供じゃないですか」

「確かに息子はまだ幼く、サツキ様をお護りするのは心もとないので、できれば彼らもお傍《そば》に置いていただきたく」

先ほどからネドリさんの背後にいた若者二人が、ガズゥに負けず劣らず、キラキラした眼差《まなざ》しで私を見つめている。

同じような背丈で黒い髪をした、若い狼獣人の二人。

スラリとしているけれど、モデル体型とは違った鍛えられている感じだ。男の子のほうは少しくせ毛っぽいのに対して、女の子のほうは真っすぐな髪をポニーテールにしている。

男女の違いはあるものの、似たような顔立ちをしている。兄妹かと思ったらどうも従兄妹《いとこ》同士だという。

「俺《おれ》はケニー、十八才です」

「あたしはラルル、同じく十八才です」

「この二人は、冒険者としても活動してまして、ちょうどガズゥたちが戻ってきていた時に里帰りしていたんですが……」

「ガズゥ様から聞きました！　こちらに古龍《コリュウ》がいると！」

「冒険者であれば、誰《だれ》でもが挑戦したいのがドラゴン！」

「ぜひぜひ、古龍に挑戦させてくださいっ！」

ネドリさんの言葉を遮《さえぎ》り、身を乗り出してくる二人……うん、ちょっと落ち着いてほしい。

「ばっかだなぁ、ケニー、ラルル」

ガズゥが呆《あき》れたような声をあげる。

「おまえたちていどじゃ、エイデンさまにふれるのもむりにきまってるじゃないか」

「何言ってるのよ」

「そうだぞ、俺たちはこれでも、Aランク目前と言われてるんだぞ！」

やる気満々の彼らだけど、ネドリさんはちょっと怖い笑みを浮かべている。

一方で、ネドリさんの表情に気付かず、三人はどんどんヒートアップしていく。

「お前ら……」

ネドリさんの低い声から、これは雷が落ちる、と思った時。

ドシンッ
雷より先に、大きな地響きがした。

「な、何⁉」

慌てて東屋の外を見ると、大きく立ち昇った土煙の先……池の脇《わき》にでっかい木が一本落ちてた。

『落ちてた』が近い表現なんだろう。何せ、根っこが剥《む》き出しなのだ。

この状況に、思い浮かぶのは彼しかいない。

私が呆れた声をあげる前に。

「お前ら、何者だ」

人の姿のエイデンが、いつの間にかお怒りモードで私の背後に立っていた。

「あ……エイデン、お帰り」

「ああ」

なんかまずそうだぞ、と思った私は、彼の苛立ちを逸《そ》らすためにも、あの木のことを聞こうと思ったんだけど。

「エイデンさま！」

ガズゥが勢いよく彼に抱きついた。

「ガズゥか！　もう戻ってきたのか？」

「もうって……そうだよ！　もどってきたんだ！　サツキさまをおまもりするためにね」

「ほほぉ、随分と生意気なことを」

そう言いながらも嬉《うれ》しそうなエイデン。指先でつつかれて、ガズゥのほうも嬉しそうだ。

「で、そいつらは？」

険しい響きの声に、私もため息が出る。

「……少し、落ち着いて、エイデン。ガズゥのお父様と、その部下？　みたいな人たちよ。ほんとに、すみませんね」

ネドリさんの方へと目を向けると、すごく青ざめた顔をしてる。若者二人のほうは立ちながら気を失っていた。

ケニーとラルルは、ネドリさんにすぐに叩き起こされたけれど、真っ白な顔色は変わらない。よく真っすぐ立っていられるものだ、と思うほどだ。

「大丈夫？」

私が声をかけても、コクコクと頷《うなず》くだけ。ネドリさんもけっして顔色がいい感じではない。

そういえば、ホワイトウルフたちも最初の頃はエイデンに怯《おび》えていた気がする。もしかして、獣人たちもエイデンの存在にあてられているのだろうか？

私から見たら、普通に残念イケメンなんだけど。

「よければ、少しここで休んでいてください」

「あの、サツキ様は」

「アレの片付けをしないといけないんで……エイデン、いいかな」

「ああ！」

「おれもいくっ！」

若さのせいなのか、エイデンに慣れているせいなのか、ガズゥは元気だ。

東屋を出てエイデンが持ってきた木のところまで行くと、やっぱりすごい大木だ。うちの山に生えている木々も、けして小さくはないけれど、それよりも立派。私が三人いたとして全員で抱きついても手が届かないくらい幹が太い。

枝ぶりも、まるで屋根のように枝が張っていて、木の下からじゃ空も見えない気がする。雨宿りにはいいかもしれないけど。

それに、太い根がうじゃうじゃと波打ってる。細い根ですら、私の二の腕くらいの太さがある。

某アニメの空飛ぶ島の崩れたところから生えていた根を思い出す。

それにしても、よくもまぁ、ここまで綺麗に抜いてこれたものだ。

「……ずいぶんと大きな木を持ってきたのねぇ」

「せっかくなら、いい木がいいだろう？」

「まぁ、そうなんだけど……これ、どうやって植えるのよ」

「それは任せておけ」

自信満々のエイデンに、どこに植えたいのか聞かれる。

私は隣の山側に近い池の北端を指さした。南側（うちの山のある方）に植えたら、木の大きさから池全体が陰になりそうなのだ。

「よし、わかった。ガズゥ、五月《さつき》と一緒にいろ」

「はいっ」

ぐりぐりとガズゥの頭を撫でるエイデンの笑顔に、ちょっとだけドキッとする。

——うん、イケメンだからね。普通にときめくことはあるよね。

そう自分を誤魔化《ごまか》す。

「ふんっ」

ドゴンッ
エイデン、指先をちょんと振っただけなのに、地面に穴が開いた。

「ふんっ」

ガサガサガサッと盛大に葉の揺れる音とともに、大木が浮かび、地面の穴に根っこの方から入ったかと思ったら。

「ふんっ」

どこからともなく土が現れて、完全に根っこの部分は隠れ、ずっとここに立ってました、という様子で大木が立った。

その間、三分もかかっていない。確実に、カップラーメン、出来上がってない。

「よし、あとは五月《さつき》、土の精霊に頼んでおけば、ここにしっかり根付くと思うぞ」

ニカッと満足げな笑顔のエイデン。

いつの間にか復活して私たちの後ろに立っていたネドリさんたちが、あっけにとられた顔している。

「うん、わかった。ありがとう、エイデン」

「いや、五月《さつき》が喜んでくれるなら、俺も嬉しい」

「ちなみに、これって、なんていう木？」

「これか？」

トントンッと大木の幹を軽く叩くエイデン。

「これは『ユグドラシル』の孫の木だな」

「うん？」

なんか、どっかで聞いたことがある名前な気がする。

なんとなく不安になってバッグからタブレットを取り出して『鑑定《かんてい》』してみる。

「……世界樹」

私の頭の中が真っ白になったのは、いうまでもない。

＊　＊　＊　＊　＊

そろそろ日が傾きかけてきた頃。

大きな東屋で座りながら、ユグドラシルの周りに集まっている五月《さつき》たちを見つめるのは、エイデンとネドリ。

五月《さつき》とガズゥがユグドラシルに如雨露《じょうろ》で池の水をやっている様子を、二人は穏やかな表情で眺めている。ちなみに若者二人は、相変わらずユグドラシルの前で呆然《ぼうぜん》と立ちすくんでいる。

「ネドリと言ったか」

「……はっ」

エイデンの冷ややかな声に、一瞬でその場の気温が急降下する。

「五月《さつき》への感謝をしに来たと言っていたが……本心はそれだけではあるまい」

ギロリと睨《にら》むエイデンの瞳《ひとみ》は、爬虫類のそれと同じものに変わった。

昔はSランク冒険者として鳴らしていたネドリではあったが、さすがに古龍相手は厳しいらしい。

圧迫されるような威圧感に、冷や汗が背中を伝っていく。

「申し訳ございません……」

「正直に話せ」

「はっ」

ネドリは空になったコップに目を落としながら話し始める。

ここ数年、子供の獣人の誘拐事件がビヨルンテ獣王国《じゅうおうこく》で頻発しているのだという。そんな中、ネドリの村でも誘拐がすでに三回も起きており、二回は事なきを得たが、残りの一回がガズゥたちであった。

誘拐の大本は、ドグマニス帝国《ていこく》なのはわかっている。彼らは愛玩用にと、子供らを攫《さら》っているのだ。

「特に、私やガズゥのような毛色の白狼族《はくろうぞく》は、数が多くありません」

白狼族の特徴は毛色が白いこと。中でも特徴的な白銀の毛色を持つのはネドリの一族のみで、その毛色はフェンリルの血筋を表していた。そもそも白狼族の村自体、今住んでいる黒狼族《こくろうぞく》の村よりももっと北、険しい山を越えた先にあり、人族の冒険者程度では辿り着けない。

そんな村出身のネドリとその息子のガズゥは、村の中で数少ない白狼族だった。

「すでに、一度、ガズゥが攫われたことで、帝国は珍しい毛色の『白狼族の子供』という存在がバレてしまっているでしょう」

「……ガズゥを匿《かくま》えと」

「……こちらにお世話になっている間、エイデン様に鍛えていただいたとか。見違えるように強くなった息子に、私も胸が震えました」

ネドリの視線は再び、ガズゥへと向く。その視線には、憧憬《どうけい》のような、悲しみのような複雑な思いが滲《にじ》んでいる。

「息子は、先祖返りのせいか、フェンリルの血筋が色濃く出ているのです」

「……それは、ボスワノ王家の末裔《まつえい》だからか」

「！」

「ふん、俺が知らないとでも思ったか」

ボスワノ王家。

百年前にビヨルンテ獣王国に併呑《へいどん》されるまで、北の地にあった王国の王族だった。

「……はは。古龍様は、なんでもお見通しですね」

力なく笑うネドリ。

「ふん、なんでも見通せていたら、こんな状況になどなっておらぬわ」

「こんな？」

「……とりあえず、ガズゥは五月《さつき》の元におれば安心だ。俺もいる」

「ありがとうございますっ」

「残りのチビどもはいいのか」

「……連れてこようかと思ったのですが、里心《さとごころ》がついてしまって」

母親から離れなくなってしまったのだという。両親たちも、無事に戻ってきた子供だけに、手放したくはなかったようだ。

「……全員で移住か」

「できますならばっ」

「はいっ」

今いるこの土地は、周囲を荒地で囲まれており、最寄りの街までかなりの距離がある。その上、今、この山周辺に住んでいる人間は五月《さつき》だけだ。

「五月《さつき》がいいなら、構わない」

「わかりました。後ほど、サツキ様にご相談させていただきます」

ネドリの瞳に、力がこもる。

その様子に、エイデンはフッと小さく笑う。

「……でも、急いだほうがいいぞ」

「は？」

「帝国と獣王国の王族が繋がっているようだ」

「なんですって」

「奴《やつ》らの狙《ねら》いが同じかどうかはわからんがな」

エイデンはそれだけ言うと立ち上がり、東屋から出ていった。

ネドリの目には見えていないが、エイデンの周りを飛んでいる風の精霊たちが、ぶつぶつ文句を言っている。

『もう、もっとおしえてやればいいのに』

『そうだよ、そうだよ』

『テオとマルに、あいたいわ』

「確かに、チビどものことは気になるがな。しかし、それは、あれらが考えることだ」

――しかし、最悪、チビどもだけでも助けに行ってやるか。

そんなことを思いながら、エイデンは五月《さつき》たちの方へと歩いていった。

＊＊＊＊

コーン……コーン……コーン

ガズゥたちがやってきた次の日の朝から、斧で木を切っている甲高い音が、青空に響いている。

エイデンの城のある山の斜面で伐採作業をしているのは、ケニーだ。自分以外に、何かしら作業をしている音が聞こえるというのは、嬉しいものだ。

一方の私は、ユグドラシル周辺の整備をしている。

ユグドラシルが植えられた結果、果樹の一部が大きく育った枝の下に入り込んでしまって、完全に日陰になってしまったのだ。仕方がないので、梅の木を二本ほど、大きな東屋の方へと移植した。

『ヒロゲルクン』ありがとう。

しかし、移植してしまうと果樹による結界の範囲が変わってしまいそうなので、低めのガーデンフェンスを立てることでカバーしてみた。

私はユグドラシルの根元に立ちながら、周囲を見渡す。

「さすが世界樹」

池の周辺は『整地《せいち》』したままの状態だったのに、すでに小さな草が生えだしている。その上、未整地のまま瘴気《しょうき》で黒ずんでいた地面がだいぶ減っている。おそらく、ユグドラシルによって浄化されてるのだろう。うちの果樹たちのペースよりも早い。

「エイデン様様《さまさま》って感じね」

ちなみに、以前キャサリンたちと一緒に使っていた立ち枯れの拠点の中にあった長屋を、池のほとりに移築して、そこでガズゥたちは暮らし始めた。ついでに、簡易トイレと風呂小屋も一緒に移動させた。ネドリさんたちが泊った夜は、ガズゥが彼らに自慢げに使い方を説明していて、今思い返しても笑ってしまう。

ネドリさんは、早朝には村へと一人でとんぼ返りしたそうだ。なんでも、村が帝国の人たちに狙われている可能性があるのだとか。

前に聞いた時は、その帝国とガズゥの住む村は真逆の場所にあるという話で、何度も狙われるような場所じゃない気がしたんだが、その誘拐《ゆうかい》に獣王国の人も絡《から》んでいる可能性があるんだそうだ。

だから、簡単に密入国できた上に、誘拐までしたのかと思ったら、腹が立った。

昨日夕食をとりながら、その話が出た時、ネドリさんから、村人をこちらに移住させてもらえないか、と聞かれてしまった。

正直、それを判断するのは私なのか？　と、疑問に思った。

「この山は、私の持ち物ですけど、他の土地は知らないんですよね」

「そうなのですか？」

チラリとエイデンへと目を向けるネドリさん。エイデンは大きな肉にかぶりついていて、その視線に気付いていない。

「あー、そういえば、エイデンも勝手に城を作ってたよね」

「うむ？」

「そっちの山とかは？」

「ふんっ、別に山に限らんでもよかろう？　それこそ、その辺の荒地には誰も住んではいないんだし。木材になるような木はいくらでもあるんだ。裸山にしない限り、勝手に使えばいいんじゃないか」

言われてみれば、そうかもしれない。

「うーん、まぁ、もし持ち主……領主様みたいなのが来た時に、個別に対応してくれればいいですよ」

「ありがとうございますっ」

心底ホッとしたという感じのネドリさんに、そんなに切羽詰まっているんだろうか、と少し心配になった。

そして今、ガズゥはエイデンとホワイトウルフたちと一緒に狩りに行っている。

その一方で、ケニーが木を切っているのは、移住してくる仲間たちの家を作るためだ。

自分たちが泊まっている長屋は私が作ったことをガズゥから聞いたようで、私が材料さえあれば、と答えたら、俄然やる気が出てきたようだ。

最初、建築の知識がなかったケニーたちは、仲間が来るまではテント暮らしを覚悟していたのだとか。地べたでないことだけでも、かなり嬉しかったらしい。

ケニーたちに聞いたところ、村には29世帯あるとのこと。その数の家を新たに建てるとなると、木材の量は半端《はんぱ》ないことになるだろう。

しかし、冬場の寒さを考えると、長屋よりもしっかりした家、最終的にはログハウスが無難だと思ったが、残念ながら、ログハウスは木材だけでは作れない。

今あるメニューのログハウスには、暖炉用のレンガや窓ガラスが必要だ。さすがに、世帯数分のガラスやレンガをあちら《日本》で買ってくるほどの余裕はない。

それに、今私が住んでいるサイズでは一家族が住むには小さいだろう。

ユグドラシルの根元で、タブレットの『タテルクン』のメニューに目を向ける。

立ち枯れの拠点で長屋を作った時と比べて、新しい建物（？）といえば、養蜂箱《ようほうばこ》だけだ。

「リメイクするようなメニューが追加されたらありがたいんだけど」

思わずつぶやいてしまったが、ないものねだりなのはわかっている。

「あ、サツキ様！　今、よろしいですか？」

声をかけてきたのはラルル。ケニーが伐採している間、近くで薬草や食べられる植物がないか探すと言っていた。すでに腰に提げている革袋は、かなり膨らんでいる様子。

「はいはい」

「ケニーが倒した木を収納してもらえないかとのことなんですが」

「あ、わかった～」

ラルルとともに、エイデンの城のある山の中へと入っていく。

うちの山裾《やますそ》は、ガーデンフェンスを設置する過程で草刈りや伐採をしているので、だいぶ日が入って明るいが、こちらの山は全然手が入っていないので、下草の背が高い。ラルルが先行していなければ、前に進めなかっただろう。

「あ、五月《さつき》様！」

汗だくになっているケニー。その足元には一本の大木が倒れている。

「お待たせ～」

「すみません、こいつと、あと、あっちにも数本倒れてるんですが」

「はいはい、それじゃ『収納』」

ひゅんひゅんと大木を『収納』した私。でも、これだけでは足りない。私の山の中腹あたりはまだ手が入っていないので、そこを『伐採《ばっさい》』するのもいいだろう。

「お疲れ様、とりあえず、麦茶でも飲んで」

彼らに麦茶のペットボトルを差し出すと、ケニーたちは慌てて自前の木のコップをバッグの中から取り出した。

「はぁ、美味《おい》しい～」

「生き返る～」

切り株に座り込んで麦茶を飲んでいる彼らの様子に、ちょっと微笑ましく思いつつ、私は『収納』から草刈り機を取り出す。

「ちょっと煩《うるさ》いけど、我慢してねぇ」

「え」

「は？」

ギュイーンッ
「な、なにごとっ⁉」

「ひぇぇぇぇっ」

なんか叫んでいるけど、とりあえず無視して、草刈り開始。毎回こんな草の中、歩きたくないと思ったのだ。もう少し歩きやすいように後で『整地』もしておこう。私は草刈りをしながら山を下りていく。


木材は着々と増えている。主にエイデンの山のほうの木だ。

途中、ケニー一人じゃ大変だろうからと、ラルルに私のチェーンソーを貸そうとしたら、断られた。使い方の見本を見せた時の騒音が嫌だったらしい。

長屋の裏手、池の前に山積みになっているのは、すでに枝打ちを終えたものだ。

枝打ちをしたのは、ガズゥとハク。ガズゥは私が貸した鉈《なた》で、ハクは風魔法でバッサバッサと切っていく。

そして、長屋と同じ並びに薪《まき》用の小屋も三軒ほど建てた。こっちには乾燥済みの薪が山ほど詰まっている。風の精霊、大活躍だ。

それでも、全世帯でひと冬を越すのには、まだまだ足りないだろう。

それに、一番の問題はレンガだ。これがないとログハウスの暖炉が作れない。

メニューには暖炉のない『小屋《こや》』というのもあるにはあるけれど、絶対、寒い。私なら、凍死する自信がある。

一応、手持ちのレンガもあるにはあるけれど、十個に満たない。あちら《日本》で買ってきてもいいけど、29軒分ともなると、さすがに金額が尋常ではない。申し訳ないけど、私のほうもそんな余裕はない。

先々を考えて、自分たちでレンガを作ることも考えないといけないと思うのだが、私が肝心の作り方を知らない。

たぶん、粘土などの土と、それを焼く炉のようなものが必要だろうな、という漠然としたイメージはある。でも間違っている可能性もあるので、買い出しに行ったついでに、調べてこよう。

「とりあえず、こっちで調達できそうな粘土質の土がある場所を調べなきゃだけど……土の精霊さんたち、粘土のある場所、わかる？」

ここで精霊に頼らない手はない。

『わかるよ！』

『さつきのおやまにもあるよ」

『みずのせいれいのところのちかくだ』

「うん？　水の精霊って、ログハウスのそばの池のこと？」

『ちがう、ちがう、やまのわきみずのところだよ』

「あー、あそこか」

敷地に水が湧《わ》くようになったから、すっかり忘れてた。

山の中の鬱蒼《うっそう》とした木々の下、湧き水の流れているところに立つ。周囲には土の精霊の他に、水の精霊もかなりの数がふよふよ浮いている。

「うーん、この辺？」

『そうそう！』

地面の表面だけ見たってわからない。とりあえず、『ヒロゲルクン』を立ち上げて湧き水のそばの斜面で『穴掘《あなほ》り』を実行。目の前にぽっかりと穴が開く。

「さて、『収納』で確認……あった」

重さは30キロくらい。貯蔵庫を作った時に比べれば、格段に掘れる量が増えている。

その内訳には、粘土質と石、砂などと表示されている。しかし、レンガを大量に作るのを考えると、量としては全然足りない。

「うーん、無暗に穴を掘るのもなぁ」

どうしたものか、と悩みつつ、湧き水周辺を眺めた。


翌日、木材の切り出しをケニーたちに任せ、朝から軽トラでホームセンターに買い出しに向かった私。荷台には、戦利品が山積みになっている。

駐車場についたらすぐにネットでレンガの作り方を調べて、粘土以外にも砂とか長石等、試作用に使えそうな材料を買ってきたのだ。

後々大量生産するための粘土と長石は土の精霊にお願いして山の中から探すとして、砂に関しては、川までいけばあるんじゃないかと期待している。

他にも、ホームセンターではキャンプ用のＬＥＤライトやソーラー式のガーデンライト、寸胴鍋やブランケット、スーパーでは食料品を大量買いした。

傍《はた》から見たら、災害用の買い出しか？　と思われそうだ。実際、レジのおばちゃんが聞きたそうな顔をしてたけれど、にこりと笑ってスルーした。

なかなかの散財だけれど、後悔はない。

ログハウスに戻る道すがら、途中立ち寄ったキャンプ場の事務所で、稲荷《いなり》さんと話したことを思い出す。

「なんと、狼獣人たちの移住ですか」

「はぁ、なりゆきで、そんな話になってしまいまして」

「ああ、もしかして、ガズゥくん絡みですかね？」

「そんなところです」

稲荷《いなり》さんは難しい顔をしながら、腕を組んでいる。

「山の周辺の土地は、確かに空白地帯にはなっています……しかし、どこにでも文句を言ってくる輩《やから》はおりますからねぇ」

「隣の山はエイデンが城を構えてますし、何かあったら、彼に頼ろうかとは思うんですが」

「ふむ……そうですねぇ」

何か解決策があるのかと、期待の眼差しで稲荷《いなり》さんを見つめる。

「望月《もちづき》様、あの山だけじゃなく、周辺の土地もお買いになります？」

「……はい？」

「どうせなら、望月《もちづき》様の土地にしちゃえば、誰にも文句言われないでしょ？」

「いやいやいや、例え買えたとしても、こちらの契約書じゃ通用しないんじゃ」

「ああ、大丈夫です。買うならあちら《異世界》のお金で買っていただきますし、なんなら契約書もあちら《異世界》の様式でご用意しますんで」

「……誰から買うんです？」

「そりゃぁ、イグノス様に決まってるじゃないですか」

「その、万が一、どっかの偉い人とかが出てきて契約書を見せろ、とか言ってきたら」

「その時は、神官《しんかん》に確認させてください」

「神官……」

「はい。基本、土地の契約には神官の承認が必要なんですよ」

「初めて知りました……じゃあ、今の山は」

「当然問題ありませんよ（イグノス様が認めている契約に、文句を言える神官などいませんからね）」

ニヤリと笑う稲荷《いなり》さんが怪しすぎる。

「フフフ、神官が認めた契約書であれば、それが証拠になりますから（イグノス様の力のこもった契約書など持っていたら、普通の神官なら気絶でもしそうですがね）」

にっこり笑ってお茶を飲み干した稲荷《いなり》さん。

一応、近いうちに様子を見に来てくれるというので、それまでに追加の土地購入については考えておくと伝えて事務所を後にした。

失敗したのは、金額を聞くのを忘れたこと。あちら《日本》のお金で換算して、いくらぐらいなんだろうか。怖い金額言われそうな気がして凄く不安になった。

翌日から、レンガ作りの準備に取り掛かった。正直、上手《うま》くできるか不安だったけれど、何事もチャレンジが大事だ、と自分に言い聞かせる。

作業場所は立ち枯れの拠点の敷地。長屋が移動した分、敷地が空いたので作業小屋を建ててみた。

まず初めにやるのは、材料を混ぜること。

山に来たばかりの頃、小屋にコンクリートを張る時に買ったプラスチック製の箱。それを小屋から探し出してきて、そこで材料を混ぜてみた。この山暮らしを始めて、それなりに体力はついてきたと思ったんだが甘かった。結局途中から、ガズゥと土の精霊たちに混ぜてもらってしまった。

ネットで調べたところ、そこから二日ほど寝かせる、と書いてあったので、小屋の中で、箱に入れたままの状態で放置した。

その間に、梯子《はしご》のように四つの四角を持った木枠と、干しておくための台を作った。台や木枠のほうはケニーに手伝ってもらった。建物のような大物は無理でも、この手の作業は私なんかよりも、上手い。

そして肝心なのはレンガを焼く窯《かま》だ。

さすがに『タテルクン』のメニューにある『ピザ窯《がま》』で焼くのはおかしいのは、私でもわかる。

今、目の前に並んでいるのは、まだ乾ききっていない四角く成形されているレンガ（の元）。試験的に作ったので、数はそれほど多くはない。

「むーん」

『どうしたの？』

『またまぜる？』

土の精霊たちが私の周りに集まってきた。水の精霊も興味津々で覗き込んでいる。

「混ぜない、混ぜない。これをね、乾燥させてから焼きたいんだけど、そのための窯を作らなきゃいけないなぁって」

『つくればいいじゃない？』

「あ、うーん、そうね」

『なに、さつき、これをやくのか？』

今度は火の精霊たちがやってきた。

「え、あ、うん、焼きたいんだけど、高温で焼く必要があるんだって」

たぶん、木材も今以上に必要になる。いや、炭にしたほうがいいんだろうか。

「なんか、レンガ作るのって大変ねぇ」

つい、愚痴っぽく言ってしまうのは仕方がないと思う。

これぱっかりは、お金で解決したほうがいいかもしれない……とまで、考え始めていたのだけれど。

『さつき、やくだけだったら、おれたちにまかせろ』

「うん？」

ボワッ！

「ギャッ!?　あつっ!?」

いきなり目の前で、小屋よりも高い火柱《ひばしら》があがった。

『ご、ごめんっ！』

私の叫び声で、すぐに火は消えたけど……前髪が焦《こ》げた気がする。

「いきなりは危ないでしょ！」

『ご、ごめんなさい～』

そう言って火の精霊を叱っていると。

ドゴンッ！

「五月《さつき》っ！　大丈夫かっ！」

凄い音とともに、エイデンが人間の姿のまま、空中の結界に張り付いている。

――この残念イケメンぶりは、お約束って感じだわ。

「大丈夫よ～」

エイデンへ手を振りながら、ふと、思った。

――もしかして、エイデンだったら、石窯作れるんじゃないの？

いきなり自分のお城を建てるぐらいだ。

結界に張り付きながら、嬉しそうに手を振りかえしてくるエイデンに、私は満面の笑みで応《こた》えた。


結界の外、長屋の前で立ちながらレンガの話をした。

「なんだ、レンガが欲しかったのか？　だったら、少し待ってろ」

結論（石窯が欲しい）を言う前に、エイデンがいきなり真っ黒なドラゴンの姿に変わってどこかに飛んで行ってしまった。せっかちすぎる。

エイデンの『少し待ってろ』がどれくらいなのか予想できなかったので、仕方なく休憩も兼ねてお茶でも飲もうと大きな東屋へと向かう。

手伝ってもらっていたケニーと、ちょうど山から戻ってきたガズゥとラルルも呼んでお茶を出す。

「エイデン、戻ってくるのかな」

と言ったのと同時に。

ドドドドドッ
「え」

池の前にレンガの山が現れた。高さは私の背丈くらいだろうか。ゴロゴロと崩れた状態で山積みになっている。

東屋にいた四人は声もなく固まる。

ドンッ
『それと、この壁のレンガなんかどうだ？　ほれ』

古龍姿のエイデンの大きな声と同時に、二、三階建てくらいありそうな高さのレンガの壁が、レンガの山のそばに現れた。距離にして１００ｍはありそう。

「え？　え？　待って、ちょっと待って」

慌てて東屋から飛び出して、壁の近くまで行く私。

確かにレンガは欲しかった。欲しかったけど。

「これ、どこから持ってきたの⁉」

『……』

悪そうな笑顔のエイデン。

私は遠い目で空を見上げて、深いため息をつく。

『……何だ、気に入らないのか？』

エイデンが困ったように聞いてくる。

「違う、違う。あの、レンガを用意してくれたのは嬉しい。本当に。でもね、どうせなら、自分で作りたいなぁ、と思って。ガズゥたちと一緒に途中まで作ったの。それを焼くための石窯が欲しいなって。エイデンだったら、もしかして作れるのかなぁ、と」

『なんだ、だったらそう言ってくれればいいのに』

――いやいやいや、私の話、最後まで聞かないでいなくなったのは、あなたですからっ！

『よし、じゃあ、ちょっと待ってろ』

持ってきたレンガをそのままに、再びどこかに飛んでいった。またどこからか持ってくるんじゃ、と不安になっていると、レンガの時よりも少し早くにエイデンは戻ってきた。戻ってきたのだが。

ドシンッ
「え、あ、熱いっ⁉」

目の前に、すんごい熱い大きな石窯が現れた。今、まさに中で何か焼いているのだろうか。その状態で持ってくるエイデンが凄すぎる。

『おっと、ここじゃ、場所が悪いな。よし、ちょっと移動させるか』

大きな石窯が浮かんだかと思ったら、エイデンの城のある山裾の方へと運んでいく。

「……あれ、どっから持ってきたのかな」

呆然としながら、石窯を宙に浮かせて運んでいるエイデンを見送るしかなかった。

大きな東屋の並びに、私の家よりも少し大きなログハウスが、三軒ほど並んで建っている。

最初、うちと同じタイプにするつもりだったけれど、家族での生活を考えて、新しく『タテルクン』のメニューに追加されていた『ログハウス（大）風呂・トイレ・暖炉《だんろ》付き』に変えてみた。

うちが二階建ての2LDKなら、こちらのほうは一階建ての3LDKという感じだろうか。

なかなか満足行くものが出来たと思う。

残り26軒も建てないといけないのだけど、色々と材料が全然足りない。

「よし、ちょっとトッてくるか」

「あ、お願いします～」

エイデンの言葉に変なニュアンスを感じたものの、調達してきてくれるのはありがたいのでスルーした。エイデンが私の声に嬉しそうに手を上げ、飛び立つと同時に真っ黒で大柄なドラゴンの姿に変わった。何度見ても不思議である。

エイデンがどこからか持ってきたレンガは、ありがたく『収納』させていただいた。

私とガズゥ、精霊たちで作ったレンガは、どこからか貰ってきた石窯で焼くことに成功した。正確に言うと、火の精霊たちが、上手い具合に焼いてくれたのだ。移住してきた獣人たちの中に、この石窯を使いこなせる人がいるといいんだけど。

ちなみに、私があちら《日本》で買ってきた長石の代替品となる石は、残念ながらうちの山周辺にはないらしく、もっと東にある山の土の精霊からありかを聞き出してきたのを、エイデンが掘り出してきてくれた。それが、石窯の傍に山積みになっている。手持ちのレンガがなくなったら、使うつもりだ。

私は獣人たちが住む土地の範囲の目安の線を引くために、スコップ片手に、目の前の荒地に目を向ける。

――さて、どうしたものか。

一応、最初の三軒はうちの山裾に沿うように建てたけれど、このまま家を並べて建てると端と端の家の距離はかなり遠くなる。日本の田園風景では普通にあるけど、こちら《いせかい》では物騒なことが多いのは経験済み。

万が一、盗賊とか魔物に襲われたら、助けに行くのも大変そう。となると、やっぱり密集していたほうが安心のような気がする。初めて行った街は石壁で囲われていた。あれがこちら《いせかい》の常識なのかもしれない。

私は背中に背負ったバッグからタブレットを取り出す。最近は作業中に邪魔になるので、お手製リュックを活用中。早いところミシンを買おう、と思いながら、手縫いで頑張ったヤツだ。

「石壁、石壁……お、あった……馬鹿《ばか》みたいに石使うのね」

思わずびっくり。幅1m×高さ3mの石壁に石が60個。100m作るだけで600個だ。

「今『収納』している石って……サイズが小さいのが多いから、全然足りないのか」

木材もだけど、石も足りない。

「とりあえず、居住範囲だけ決めて、おいおい石壁を作ればいいか」

東屋側に四軒、池を挟んでユグドラシル側に四軒建てるとして、そのまま四列並べて八軒×四列で32軒分。実際に必要なのは残り26軒だけれど、あくまでも目安の軒数だ。最悪、『ヒロゲルクン』で移動させることもできる。

まだ何もない荒野にスコップの端を使い、ログハウスの建築予定の範囲に合わせて、ずずーっと線を引いていく。

スッと背を伸ばして、周囲を見渡す。

本当に、ここに家が建っていくのか、と思うと不思議な感じがした。

石壁の目安の線を引いたはいいものの、風でも吹けばすぐに消えるのは目に見えている。とりあえず、目印になるものを、と、手持ちの木材を使って、大きな木製の門扉を『タテルクン』で建てる。位置は一番西側、街に近いほうだ。横幅6m×高さ3mくらい。これなら石壁と合わせてもいいんじゃないだろうか。

『おーい、五月《さつき》ぃ、木はどこにおけばいいのだぁ?』

エイデンの声が聞こえたので、空を見上げると、ドラゴンの姿のエイデンが両足で木材を摑《つか》んでいる。なにより、摑んでいる木材の量に唖然となる。それも、足で摑み切れてない木もあるのに、落ちない。

――どういう仕組みになってるの⁉

『五月《さつき》~?』

「あ、えと、そこ、そこの家の前にお願いっ!」

『わかったぞ』

ドシンドシンッという音とともに地面に置かれる木材。

しかし……これ、もう加工されてないだろうか。枝打ちされてるし、長さも揃《そろ》ってる。

「エイデン」

「なんだ?」

すでに人の姿に戻っているエイデンが私の隣に立つ。声の感じからもご機嫌なことがうかがえる。

「これ、どっから持ってきたの？」

「うん？　落ちていたから拾ってきただけだぞ？」

「いやいやいや、これ、誰かが加工してたヤツでしょっ！」

「そうなのか？　地面に転がってたから、持ってきたんだが」

「ダメダメダメ！　それって、これから使うから用意してあったヤツ！」

「まぁ、いいではないか。ガズゥたちが枝打ちする手間が省けるんだし」

「そういう問題じゃないって……」

「ん～、でもなぁ」

「でもじゃないよ……」

「戻すのは嫌だぞ。めんどくさい……それよりも、他に必要なモノはないのか？」

「エイデンッ！」

「むぅ……」

しばらく睨み合っていると、エイデンのほうが折れて、不機嫌そうに話しだす。

「……これは、ドグマニス帝国からトッてきた」

「ドグマニス帝国？」

「そうだ。放っておけば、これは奴らの武器になり、防具になり、城や建物となる」

「でも、そうは言っても、一般の人の生活にだって欠かせないものじゃ」

「これは、平民たちには手の届かない木材だ」

「え……そんな上等な木ってこと？」

確かに、真っすぐに揃った木材であるのは、一目でわかる。

――もしかして、あのレンガも⁉

「五月《さつき》、奴らは獣人、それも特にガズゥを狙ってる」

珍しく厳しい顔つきのエイデンが、私の目を見ながら、そう言った。

「……どういうこと？」

「風の精霊たちに聞いてみるといい。時に、奴らは人族の噂も教えてくれる」

それだけ言うと、再び空へと飛び上がり、どこかへと飛んでいった。

「なんか、思った以上に厄介《やっかい》ごとになりそうな予感しかしないんだけど……」

思わず、顔を顰《しか》めてしまう私なのであった。

＊　＊　＊　＊

「ほう、随分と大人しくなったものだ」

イグノスは椅子《いす》に座って、ニヤニヤと笑いながら球体に映る古龍の姿を見ている。

「聖女が生きてた頃は、破壊一辺倒だったヤツがのう～。成長したものだ」

かつての古龍の暴走を思い出して、イグノスの表情は苦笑いへと変わる。

「ふむ、せっかくだ。古龍の成長の祝いに、五月《さつき》にボーナスを付けておくか……上手く使ってくれるといいんだが」

フフフッと笑いながら、イグノスは再び球体へと目を向けた。

＊　＊　＊　＊　＊

エイデンによって間断《かんだん》なく木材が運び込まれてくる。

ケニーが伐採してくれる木材よりも、太さもあり、形も整ったものが多い。製材途中のものもあれば、まだ枝打ち前の木もある。それら全《すべ》てが帝国産なのは、もう仕方がないかな、と思うことにした。

一応、エイデンがどこから盗んできているのか、風の精霊に聞いてみた。

『でぶでぶの〜、でぶのとこの、うんとわるいやつ〜』

『う〜ん？　なんか、いやなかんじのたてものとか〜』

『あははは、やつらのおこったかお、おもしろかった〜！』

『そういやぁ、はしがこわれてたとこの、やまづみしてたのもってきてたね〜』

まったく、わかんない。

――この会話のどこから噂がわかるというのっ！

とりあえず、悪そうな人がいるところからで、橋の修繕用に集めたモノなのは理解した。橋が気にかかるけど、ガズゥたちを狙ってるっていう国だし、エイデンの判断を信じるしかない、と自分に言い聞かせてみる。

若干の罪悪感を感じつつも、私はログハウスを建てていく。今は八軒目が建ったところ。

「うん？　あれ、なんか通知来てた……おおおっ！」

――ボーナスＫＰが追加ですと！　えと、えと……２００万ですって⁉

思わず二度見する。そして、桁《けた》を一から数える。

「イグノス様、太っ腹っ！」

何がボーナス対象になったのか、通知には書いていない。間違いでした、とか言われたら嫌なので、さっさと使うことにした。

まずは、当然、『収納』のバージョンアップ。これでＭＡＸになるはずだ。

「よっしゃー！　苦節（ほぼ）一年、ついに、ついに、無限収納キター！」

これで、腐るとか、いっぱいで入れられないとかがなくなる。

最近は十分に収納スペースがあったけれど、まだまだ村づくりのための資源を集める必要があるのだ。

「それと『翻訳アプリ』も追加っと」

会話はイヤーカフで通じていたけれど、冒険者ギルドでエイデンに渡された書類は読めなかったのだ。それがタブレット経由ではあるものの、『翻訳』できるようになった。値段も値札があれば一々確認しなくてもいいのは助かる。

立て続けにアプリにＫＰをつぎ込んだけれど、それでも少し余裕のあるＫＰの残高。

「それじゃ、村の敷地、全部『整地』しちゃおう」

スコップで線を引いた範囲が、私の敷地扱いになっているのは『ヒロゲルクン』の『地図』で確認済み。あんなことで敷地になってしまうのか、と思うと、少し怖い気もする。

「範囲指定して、はい、ぽちっとな」

ザザザッと一気に地面の状態が変わる。黒ずんでいたところも綺麗に浄化された。なんか、気持ちいい。

他に何をすべきか考えていると、再びエイデンが木材を持って戻ってきた。

「エイデンッ！」

『どうした、五月《さつき》』

「あのね、木材も欲しいけど、石材も欲しいの。ほら、村を囲うようにしたいから」

『おう！　わかった。待ってろ！』

私に頼まれたのが嬉しいのか、木材を置くと、そのまま飛び立っていく。

「……また帝国のどこかが、破壊や盗難にあってるんだろうなぁ」

飛んでいくエイデンの姿を生温かい目で見送る。

――でも、帝国だしね。

ということでスルーすることにした。人間、諦《あきら》めが肝心だ。

四章

獣人たちを助けに行こう

獣人たちのログハウスは14軒まで出来上がった。やっと半分だ。

ちなみにエイデンがトッてきてくれた、大量のどっかの石壁はキッチリ再利用して、土地をコの字型に囲う石壁に変わっている。立ち枯れの拠点側がぱっくり開いた状態だが、結界が張ってあるので、無許可の人や魔物は、簡単には入り込めない。

しかし、この石の量を考えると、どこかよその村だか街だかが丸裸になっている可能性を思って聞いてみると。

「大丈夫だ。城壁ぶっ壊してきただけだから」

エイデンがいい笑顔で答えてくれた。

……どこの、とは聞くまい。

木材はケニーも頑張ってくれているけれど、それ以上にエイデンが活躍している。私もそれなりに『伐採《ばっさい》』してるけど、エイデンの量には敵《かな》わない。

最近、山の西側、フタコブラクダの頭の方を『伐採』していたので、今日は我が家からトンネルに向かう道沿いの『伐採』である。

「それ『伐採』、『伐採』っと」

I Bought a Mountain
Living in another world isn't bad either.

ガランガランとカウベルを鳴らし、草刈り機で草を刈りつつ、山を登っていく。薄暗かった山の中に、徐々に日差しが入り込んでくる。

「それ、『伐採』、『伐採』」

「サツキさま〜！」

「うん？」

ガズゥの声が聞こえたので、周囲を見回すと、凄い勢いで山の斜面を駆け上がってくるのが見える。

「どうした〜？」

「きた！　きたんだ！」

「もしかして」

「むらのひとたち！」

「おおっ！」

やっと来たか、とホッとしたのは言うまでもない。

急いで草刈り機を『収納《しゅうのう》』すると、山の斜面を下りていく。当然、ガズゥのほうが足が速いから、あっという間に見えなくなる。

「早すぎっしょ」

ひーひー言いながらログハウスまで駆け戻って、スーパーカブに乗って追いかけた。

スーパーカブでもガズゥに追いつくことは無理で、到着してみれば、見たことのない獣人たちが開け放たれた門の前で、しゃがみ込んでいた。

「あれ？　これだけ？」

聞いていたのは29家族。でも、今、目の前にいるのは比較的若い獣人の男女が15人くらい。全員が、肩で息をしている。手にしている荷物もほとんどない。

「サツキ様」

「ケニー、どういうこと？」

「村が……また、魔物に襲われたらしいです」

ラルルと一緒に、獣人たちに水を配っていたケニーが教えてくれた。

「ネドリ様が、なんとか隙を作って、ドンドン様と共に逃がしてくださったようなんです」

ドンドンさんは、ガズゥたちを迎えに来た人の一人だ。

「そのドンドンさんは？」

「近くまでは来たんですが、ここの場所だけ教えて、すぐに村に戻って行きました」

一息ついた若い獣人の一人が、座ったまま答える。ドンドンさんの代わりのリーダーが彼のようだ。

「村は……村は大丈夫なの？」

「は、はい。あの、結界のおかげで……でも、いつまでも村の中にいるわけにも……」

——籠城《ろうじょう》戦ってこと？

「ヤバい、ヤバいじゃん」

どうしたらいいのか、ぐるぐる考えている間にも、時間は過ぎていくわけで。

「サツキさま！　おれ、むらにいくっ！」

ガズゥが必死な顔で私に縋《すが》りついてきた。

「え、いや、ダメでしょ⁉」

「でも、みんなをたすけにいかなきゃ」

「いやいやいや、ガズゥ、あの子らよりも力があるの？」

疲れ果てて立ち上がれない獣人の子らに目を向ける。見るからに無理して来たのがわかるくらい、ボロボロだ。一番若そうな子は、ガズゥよりも少し年上くらいだろうか。年長の子でも十代後半、まだ身体が細い感じの子ばかりだ。大人たちが必死に逃がしたであろう子供たち、ということか。

その中には、テオとマルの姿はない。

「でもっ！」

「ドンドンさんが、わざわざ彼らを逃がしたことを考えて」

悔しそうな顔のガズゥ。飛び出したい気持ちを堪《こら》えてるのか、握りこぶしが震えている。

私だって、何かできるんだったら、とは思うものの、ただの一般人だし、狩りすらやったこともない。そんなのが行っても、足手まといになるのはわかりきってる。

最初に思い浮かんだのは……エイデンだった。

しかし、今日はまだ会っていないから、いつものように木材をトりにどこかに行っているのかもしれない。

次に頼れるのは。

「ビャクヤッ！」

私は山に向かって、大きな声で名前を呼んだ。

「ハク！　ユキ！　スノー！」

私の呼び声が山の中に吸い込まれる。

しばらくすると、山から大きな白い影が飛んできた。

『五月《さつき》様、どうしましたか』

ビャクヤが真っ先に現れ、その後を追って、ハクたちも現れた。その姿にホッとする。ビャクヤは、チラリと獣人たちへと視線を向ける。大柄なホワイトウルフがいきなり現れたせいで、獣人たちは固まってしまっている。

「お願いがあるの」

『五月《さつき》様のご下命《かめい》であれば』

「ご下命って……あのね、ガズゥたちの村の人たちを助けてほしいの」

『ふむ』

再び獣人たちの方へと、厳しい目を向けるビャクヤ。

「村には、テオとマルも残っているはずなの」

その言葉で、テオとマルを可愛《かわい》がっていたビャクヤたちの目つきが変わる。

『わかりました……スノーは一度行ってるな。お前が先行しなさい。ユキは、残って五月《さつき》様をお守りしなさい』

「ありがとう、ビャクヤ」

たぶん、私たちの会話で察したのだろう。なんとか涙を流さないようにと頑張っていたガズゥの頬《ほお》に、涙が一粒、ポロリと零《こぼ》れる。ユキがペロリと舐《な》めた途端、ポロポロと涙が流れていく。

「でも、私も、途中までは迎えに行くよ」

『五月《さつき》様！』

「魔物とか盗賊とか、相手になんかできないのはわかってるから！　せめて、途中まで軽トラで迎えに行くわ」

『危険です！』

いつも穏やかなビャクヤが怒った。迫力が違う。さすがに私も怖いと感じてしまう。

『ビャクヤ！』

ズドーンッという爆音とともに、響いたのはエイデンの声。

空地には土埃《つちぼこり》と大量の木材。見上げると、巨大な黒いドラゴンの姿のエイデンが飛んでいた。

『エ、エイデン様……』

『貴様、五月《さつき》に何をした』

ビャクヤが怒ったのよりも、もっと怖い！

「エ、エイデン！」

『五月《さつき》、無事か』

「私は大丈夫なの、でも、獣人の村が！」

それだけでエイデンは察したのか、どこか遠くを見る目に変わる。

『ビャクヤ、ついてこい』

『はっ！』

エイデンが空高く上がると、迷いなく真っすぐに北の方へと飛んでいく。

アオォォォォーン
ビャクヤの遠吠えとともに、どこに隠れていたのかわからないくらい、多くのホワイトウルフたちがわらわらと現れた。

『五月《さつき》様、無謀《むぼう》なことはしないでくださいね』

それだけを言うと、ビャクヤたちはエイデンを追いかけて走っていく。

「あの……サツキ様、申し訳ございません」

ラルルの言葉に、ハッとする。疲れ果てた獣人たちのことを忘れていた。

「ごめん、ラルル、まずは彼らに食事を用意しなくちゃね」

今はまず、彼らの面倒をみなくては。私が行くのは、それからだ。

私は『収納』から、彼らが口にしてもよさそうなものがないか、探し始めた。

＊　＊　＊　＊　＊

時は遡《さかのぼ》り、ネドリが村に無事に戻った頃のこと。

ネドリは、すぐさま、移住の話を村人たちにした。

最初村人たちは、長年住んできた村から離れるのに難色を示していた。しかし、その気持ちを変えさせたのは、テオとマルだった。

「サツキさまのところは、おいしいものがいっぱいあったんだ！」

「ほわいとうるふたちがいっぱいいいてね」

「えいでんさま、すごいんだよ？　ばーっととんで、どーんとやっつけるんだ」

「ガズゥにいにあいたいなぁ」

「あいたいなぁ」

テオとマルの偽りない気持ちと、期待と希望に満ち溢《あふ》れた表情に、大人たちの心は揺れる。

そしてネドリだけではなく、現地に行き、五月《さつき》と面識のある部下のドンドンも、古龍《コリュウ》であるエイデンに守られた土地と、浄化され精霊の多くいる土地での経験を話すことも忘れない。

若者の独身者の多くは移住に前向きになり、一部ではすでに荷物を整理し始めたが、年配の者の多くはまだ、決めかねていた。

ネドリが戻ってきて三日後。

「ネ、ネドリ様っ！」

狩りに出ていた村人の一人が、青ざめた顔で家に駆け込んできた。

「なんだ、いったい」

「ま、魔物の群れが」

「群れ？」

「ひ、人型を主体にした魔物の群れが、こっちに向かってきてるんですっ！」

「なんだって」

村の中で一番高い建物である村長の屋敷。その屋根の上に登ったネドリの目に映ったのは、深い森の中にもかかわらず、土埃が舞い上がり、その中にバカでかい人影がいくつも蠢《うごめ》いているものだった。

「……まさか、トロールか？」

森の奥深くに住み、性格も穏やかで、滅多なことでは人里に来ることなどないトロール。それが、怒りに我を忘れて大きなこん棒（おそらく大木そのもの）を振り回しながら村の方へと向かっている。

「なぜ、トロールが暴《あば》れている……森の奥で何が起きているんだ」

ギリリと歯を食いしばるネドリ。屋根から飛び降り、村人たちへと声をあげる。

「徒歩になるが、今すぐに出られる者はいるか！」

ネドリの言葉にすぐに反応したのは、荷物をまとめていた若者たち。先の魔物討伐にも参加して無事に生き残った若者たちだった。

「ドンドン、若い連中を連れてサツキ様の元へ」

「しかし、他の者たちは」

「すぐには無理だ。今から準備をしても、馬車での移動ではすぐに追いつかれる」

「であれば、私も残って戦います」

「馬鹿者《ばか》ッ、今は、できるだけ多くの者を生かすのが先決だ」

ネドリは、テオとマルの家族の方へと目を向ける。しかし、二人は絶対に離れないと言わんばかりに、両親にしっかとしがみついている。

大きくため息をついて、再び、村人へと声をかける。

「まずは、すぐに動ける者はドンドンと共に、サツキ様の元へ向かえ」

その言葉に若者たちは一瞬迷ったようだが、ドンドンに促されて村を出ていった。

「次に動けそうな者は……よし、ガイシャ（テオの父）と、ヘデン（マルの父）のところは一家全員なら行けるか。他は」

なんとか移動できそうな12家族を確認する。それを引き連れて行くのはナバスとガズゥの母、ハノエだ。

「ネドリ様、お任せください」

「あなた、大丈夫よ」

夫であり、村長でもあるネドリに絶大な信頼を寄せているハノエは力強く頷《うなず》く。

頷き返したネドリは、次に残る者たちへと目を向ける。その多くは怪我人や老人を抱えた家族だ。

「おそらく、サツキ様から賜《たまわ》ったウメの木の結界が、我らをお守りくださるかもしれないが、それは絶対ではない。しかし、我らは誇り高き狼獣人。タダで奴《やつ》らにやられるつもりはない」

ネドリの言葉に頷《うなず》く獣人たち。その中でも足に自信のある狩人の数人が、狩りのために保管してあった『集魔香《しゅうまこう》』を持って村を出ていく。そのおかげで、半数近い魔物は村とは反対の森の奥へと流れて行った。

翌日には、急いで荷物をまとめた12家族を乗せた荷馬車が村を出ていき、その姿を見送ったネドリたちは決意も新たに、森の方へと目を向ける。

彼らは魔物たちの咆哮《ほうこう》や気配が近づいているのを感じ取っていた。昨日の『集魔香』の効力から逃れたと思われる、もっと奥地にいた魔物たちだ。

魔物たちがなぜ、再び村の方に向かってくるのかわからず、ネドリは苛立ちを抑え込むようにグッと拳を握りしめる。

「よし……馬車に追いつかれないように、できるだけ、ここで数を減らすぞ」

狼獣人たちの目がギラギラと赤く光りだす。

ネドリのスキル、『王権《おうけん》の発動《はつどう》』により、数は多くはないものの、戦える全《すべ》ての村人の戦闘能力が上がったのだ。

「なんとか、彼らが逃げ切るまで耐えるぞ」

「おおっ！」

その気合の元に、彼らは一昼夜《いっちゅうや》戦い続けた。

しかし、当然、限界は来る。

「撤退、撤退だ！」

「怪我人を先に！」

「急げ、変異種のオーガだっ！」

殿《しんがり》を務めたネドリの叫ぶ声に、皆が必死に村の中へと駆け込んでいく中、オーガの持つ大刀が、ネドリの頭上に振り上げられる。

「ネドリ様っ！」

「くそっ！」

ドゴンッ
大刀が地面に激突し、土煙が舞い上がる。

「……危なかった」

転がりながらぎりぎり村の結界の内側に入ったネドリは、泥だらけだ。

ガン、ガンガンッ
結界を叩《たた》く変異種のオーガにつられて、ゴブリンやコボルト、オークが村の周囲に集まってくる。

幸いなことに、石壁を越えて梅の木の枝が大きく広がっているおかげなのか、まだ壁を破壊されるところまでには至っていない。

村の中央にあるネドリの屋敷の大広間には、怪我人たちが集められている。

室内は骨折や噛《か》み傷や切り傷など、怪我《けが》をしている者たちで溢《あふ》れ、あちこちでうめき声があがる。

「オババ、薬は足りるか」

「……厳しいのぉ」

「サッキ様からいただいたボルダの苗は」

「さすがに、まだ実は生《な》らんぞ」

「だよな」

残った村人たちも、魔物たちのあげる咆哮《ほうこう》や攻撃の音から逃れるように、ネドリの屋敷へと逃げ込んできている。

「……いつまで結界が持つのだろうか」

屋敷の二階へ上がり、窓から村の外へと目を向ける。周囲は魔物で溢れているが、一部はコントリア王国方面に向かう馬車を追うように、南西へと流れていっているのはわかる。

「無事に、辿《たど》り着いてくれ」

ネドリの悲痛な祈りが、血のように赤く染まる夕焼けの中に吸い込まれていった。

＊　＊　＊　＊　＊

五月《さつき》の元を飛び立ち、目立たないよう姿を消しながら飛ぶこと三時間。エイデンは、ネドリの村周辺に目を向ける。眼下に広がる森には、いまだにあちこちで魔物の咆哮が響いている。

『まったく。下品な咆哮をあげて騒々しい』

不機嫌そうな声のエイデンだったが、森の隙間《すきま》から、薄っすらと虹色に光る結界が見えた途端、機嫌がよくなる。

『おお。さすが五月《さつき》。結界は無事だな。ふむ、生存者は思っていたよりもいるようだ……しかし、なんなんだ、こいつらは』

なぜか数種類の人型の魔物が村の周辺に密集しているのだ。とにかく、この魔物を排除しなければ、村人たちはここから離れられない。

『ネドリ！　いるか！』

ネドリの名を呼びながら、隠していた古龍《コリュウ》の姿を現したエイデン。

その途端、魔物たちの咆哮は止まる。エイデンから溢れる存在感に圧倒されて、ガタガタと震えだした。

『ネドリ！』

「は、はいっ」

屋敷から転がり出てきたのは、窶《やつ》れ果てたネドリ。

梅の木の結界のおかげか、エイデンの圧はそれほど感じない。

『これからこいつらを排除する。その間、けして家から出て来ないよう、中の連中に言っておけ』

「は、はいっ」

ネドリはエイデンの物騒な目の輝きに、血の気の引く思いで、屋敷の中に駆け戻った。

＊　＊　＊　＊　＊

エイデンは飛んでいった翌日には帰ってきた。そして、色んな魔物を山ほど置いて、またどこかに飛んでいった。

見上げるくらいの魔物の山にギョッとする。

なにせ、見たことのないようなのがゴロゴロいるのだ。見るからに岩のような肌の魔物もいれば、木の皮みたいな肌の魔物もいる。デカい蛇の顔が見えた時は叫びそうになった。

「凄い」

そう呟《つぶや》いたのはケニー。

彼曰く、魔物に傷跡がまったくないというのだ。魔物の山の周りを見て回ったけれど、確かにただ寝てるだけ、と言われてもそうかも、と思うくらいだ。

「ケニー、これ、どうしたらいい？」

ここに移住してくる獣人のために使えるものなら使ったほうがいい。

半数は食べられる魔物ではないらしく、むしろ、防具や武器などの素材になるような物なので、ちゃんと解体したほうがいいのだけれど、今いる若者たちでは難しいレベルらしい。

何に使うか判断がつかない私が、勝手に『売却《ばいきゃく》』や『廃棄《はいき》』してしまうわけにもいかないだろう。

「仕方ないね……解体できそうなのを残して、『収納』しておくわ」

その日は焼肉祭りになったのは言うまでもない。

次の日になっても、エイデンがバカみたいに魔物の山を築いていくので、かなりヤバい状況なんじゃ、と不安になった頃、荷馬車四台が到着した。その中には元気なテオとマルの姿もあった。思っていたよりも少ない人数だったので、まだ後続の馬車があるのかもしれない。

「サツキ様」

集団のリーダーはナバスさんだったようで、疲れた顔で頭を下げてきた。そしてその隣には（色んな意味で）立派な体格の女性の狼獣人が立っていた。

「かあさん！」

ガズゥが大きな声を上げて抱きついた。まさかの、ガズゥのお母さん、ハノエさんの登場だ。そしてその集団の中にはホワイトウルフたちもいて、途中で合流したのがわかった。ただ、その中にビャクヤたちの姿はなかったので、村へ向かったのかもしれない。

出迎えた私は、急いで彼らに食事の用意をしつつ、全体の様子をうかがう。大人たちが疲れ果てているのに対し、テオとマルの元気な様子にホッとする。

しかし、ガズゥの顔を見つけたテオとマルはハノエさんに抱きついているガズゥにギャン泣きで張り付いてきた。

「さて、皆さん一息ついたところで、家のほうを案内しますね」

彼らが到着した時点で、なんとか20軒のログハウスを建てることができていた。

「こ、こんな立派な家にいいんですか」

ナバスさんが、おずおずと聞いてきた。

「ええ。そのために作ったんですから」

「……ありがとうございますっ」

ナバスさんが目を潤ませながら頭を下げた。彼に倣《なら》うように他の獣人たちからも頭を下げられて、私のほうが慌てる始末。

「と、とりあえず、家にどうぞ。中は全部同じなので、どの家を選んでも変わらないはずです」

私は『収納』から大きめなブルーシートを取り出して広げると、この前買った毛布や食器類などの日用品をのせた。

「家を決められたら、こちらから必要な物を持って行ってください。ちょっと数は足りないかもしれませんけど」

「とんでもない！　ちゃんと買わせていただきます！」

「いやいやいや、いいですって」

皆が慌ててお金を探し出そうとしているので、止める私。

「それよりも、あとでお願いしたいことがあるんです。まずは、一度、ゆっくりしてください。詳しい話はそれから、ということで」

後で魔物の処理をお願いしようと思いながら、家の方へ手を向けた。

馬車組が無事に到着した翌日。落ち着いた彼らから村の様子を聞いて、すぐさま軽トラで向かうつもりだったのだが、魔物を運んできたエイデンに、もう村は大丈夫だと教えられた。

詳しい話はしてくれなかったけれど、村の周辺の魔物はもういないらしい。動ける者たちは、村に戻ってきたドンドンさんを先頭に、徒歩で移動し始めていて、追いついたホワイトウルフたちが、警備しながら同行しているそうだ。

しかし、怪我人や年寄りの中には身動きがとれない者も多く、まだ残っている人がいるらしい。

「え、じゃあ、食べ物とかは」

「まぁ、とりあえず、魔物の肉はあるんだから、なんとかなっているだろう」

「いやいやいや、怪我人とか年寄りにはダメじゃん」

昨日到着した人たちの世話は先行して来ていた若者たちに任せ、私は迎えに行く準備をするために、一度、あちら《日本》に買い出しに向かった。

まずは軽トラの荷台に乗せることも考えて、折り畳みのマットレスや毛布、クッションなどをまとめ買い。食料は肉類は嫌になるくらい『収納』してあるので、それ以外に米や牛乳などを買えるだけ買った。今回もかなり買ったので、レジのおばさんに驚かれてしまった。

買い出しから戻る頃には、すっかり日が落ちていたが、念のため彼らの様子を見に行く。

皆、それぞれログハウスに入っているようで、家の灯《あか》りにホッとしたところで気が付いた。

「あれ、馬車は」

門のそばにまとめて止めてあった四台の馬車がなくなっている。

慌てて、長屋の方に行ってみると、まだ家族が到着していないケニーとラルルが食事をしているところだった。

「食事中にごめんね、あの馬車は？」

ちょうど口を米でいっぱいにしてしまっていたケニーに代わって、ラルルが答える。

「あ。あの、ドゴル……先に来てた若い連中のリーダーが、皆で迎えに行くって」

「え、え、あの若い子たち？」

「はい」

「なんで、止めなかったの⁉」

「いや、ドゴルたちなら、大丈夫かなって」

「どれくらい前に出たの？」

「えーと、お昼前くらい」

「馬車だし、今から追えば追いつくか……」

「え⁉　サツキ様がどうやって……もしかして、あのブルブルいう乗り物ですか⁉」

「バイクでなんて行かないわよ」

「もしかして、あの『けいとら』で行くのですか？」

ケニーがワクワクした顔で聞いてきた。

「それしかないからね」

私が長屋から出ようとすると。

「お、お待ちください！　行かれるのでしたら、私も行きます！」

「私も！」

「二人とも、ガズゥの護衛はいいの？」

「ハノエ様がいらしているので大丈夫です」

「それに途中、魔物や盗賊に襲われるかもしれないじゃないですか！」

「うーん、ホワイトウルフたちがいるし、エイデンにお願いしてもいいし、大丈夫じゃない？」

「いや、でも、万が一もあります！」

少し押し問答になってしまったけれど、結局、ケニーだけが同行することになってしまった。気が付けば外は真っ暗。仕方がないので、私たちは翌朝出ることにした。


翌朝、朝日が顔を出した頃、軽トラに乗り込む。ホワイトウルフたちの先導で、獣人たちの村へと向かうのだ。ホワイトウルフたちへのご褒美の魔物の肉は先渡しだ。

荷物は全部『収納』してあるので、荷台を気にすることなくスピードが出せるのは助かる。

エイデンがいればよかったのだけれど、タイミング悪く、どこかに出かけているもよう（ノワール情報）。ノワールも来たがったけれど、エイデンに村に向かっているとの伝言を伝えてもらうのでお留守番だ。

こういう時、スマホが使えたらいいのに、とつくづく思う。

しばらく道なき道を走らせていると、昼過ぎに、私たちの前を土埃《つちぼこり》をたてて走る馬車が見えてきた。

「もしかして、あれかな」

「そうかもしれません……『けいとら』ってめちゃくちゃ早いですね」

そうは言うけれど、村に着いた翌日に走らせたら、馬だって疲れが残っているし、スピードだって出ないだろうから、追いつくのも当然だろう。

四台の馬車が一列になって走っている。最後尾の馬車の脇《わき》を、少し幅を空けて並走する。やっぱり、狼獣人の子だ。ガズゥより少し年上くらいの子だったので覚えている。隣を走る軽トラにびっくりしつつも、手綱はしっかり握っている。

「やっぱり、あれは一番チビのロムルですね。きっと先頭を走ってるのがドゴルだと思います」

青ざめた顔のまま、厳しい表情のケニー。

「わかった。一度止めて、休ませよう」

私はそう答えると、軽トラのスピードを上げる。馬車を追い抜くたびに、御者をしている子たちが驚いた顔をしていて、ちょっと笑ってしまった。

「ドゴル！」

助手席の窓を開けてケニーが声をかける。

「え？　ケニー？」

「止まれ！」

ケニーの声に反応して、馬車は止まる。

「ケニー、なんだ、それは……って、サツキ様!?」

驚いて御者の場所から飛び降りるドゴル。獣人の若者たちのリーダーだった子だ。その声に後続の馬車から、次々に降りてくる子供たち。こんなに若い子たちが器用に馬車を走らせていたことに驚く。

しかし、皆無理していたのか、疲れているのが隠しきれていない。目の下にクマがある子もいる。

「みんな、お昼は食べたの？」

「あ、いえ」

私に言われるまで、食事のことを忘れていたようだ。朝ごはんもちゃんと食べているのか怪しい。

周囲を見渡しても、木陰になるようなところは見当たらない。仕方がないので、馬車の陰にブルーシートを敷いて、皆に昼ごはんを食べさせた。『収納』にしまっておいた、昨夜作ったシチューと、まとめ買いしておいたバターロールだ。

ガツガツ食べている様子に、食事はどうしたのか聞くと、荷台に少しあるけど迎えに行く皆の分だから食べていないとか言いだす始末。どんだけ切羽詰まっているんだ、と思ったら、残っている人たちの中に、ロムルの祖父母がいるらしい。一番最後尾の馬車に乗っていた子だ。

「急ぐ気持ちもわかるよ。私も焦《あせ》ってる。でも、君たち、途中で魔物や悪い人に襲われるとか考えなかったの？」

私の言葉に、サッと青くなる子がちらほら。

考える余裕もなかったのだろうけれど、ここまで無事に来れたのは単に運がよかったに過ぎないだろう。

「……とりあえず、ここで休憩しよう。ホワイトウルフたちもいるから安心して昼寝しなさい」

「でもっ」

「途中で事故ったら、それこそ迎えに行けないよ?」

実際、食事をしたせいか、この中で一番小さいロムルがこっくりこっくりしだしている。

私は『収納』から毛布を取り出して、ブルーシートの上に敷くと、全員横になるように促したら、全員素直に横になった。やっぱり疲れていたんだろう。あっという間に寝息をたて始めた。

彼らが横になっている間に、馬たちに水や人参をあげた。

人参はログハウスのそばの畑で作った物。精霊たちのおかげなのか、大きくて形のいいものばかり。ぼりぼりといい音をたてて食べている。

水はビニール製のウォータータンクに入れてきた。ログハウスの敷地の池の水だ。タンクの中には、水の精霊に勧められて魔石も入れてある。

大きな飼い葉桶みたいなのがあればよかったんだけど、『収納』に入れたままだった、レンガ作りで使ったプラスチック製の箱に入れてあげたら、みんな頭をつっ込んで飲むこと、飲むこと。

やっぱり、しんどかったよねぇ、と思いながら馬の身体を撫でてあげた。

ホワイトウルフたちも、物欲しそうに見ていたので、魔物の肉の塊《かたまり》を与えると、勢いよく食べ始めた。食べ終えた子は車の陰に横たわっている。この子らの暢気《のんき》な様子に、私もちょっと安心したのは事実だ。

日差しが動いて、ドゴルたちに当たるようになってきた。

「もうちょっとしたら、起こそうか」

水が空になった箱を『収納《しゅうのう》』しながら、ケニーにそう言った時、周囲にいたホワイトウルフたちが起きだして唸《うな》り始めた。

「……どうしたの？」

不安に感じた私は、周囲を見渡す。開けた荒野の中、本来なら動く物もないはずのところ、少し先で土埃をあげて何かが近づいてきている。方向的には、前に行ったあの街があった方だけれど、魔物の可能性も考えて、寝ている子たちを起こした。

ケニーは腰に下げている剣に手を伸ばしながら、皆に馬車に乗るように叫ぶ。

「サツキ様、あれは魔物じゃない」

「え」

「たぶん、人族の冒険者だ」

「だったら」

大丈夫なんじゃ、と言いかけたところでケニーが「急げっ」と叫ぶ。

「あいつら、ホワイトウルフを狙《ねら》ってる。それに俺《おれ》たちが獣人だってわかったら、捕まえて、奴隷商に売り渡すに決まってるっ」

こんなに離れているのに、冒険者たちの会話が聞こえたようだ。

ケニーの言葉に驚きつつも、ホワイトウルフを狙う、という言葉で、前に街に行った時に聞いた、ケツ……なんとかっていう冒険者パーティがいたのを思い出した。

私も急いで軽トラに乗り込む。

「ドゴル！　先に行け！」

そう叫ぶケニーは、まだ助手席に乗り込んでいない。

ドゴルたちの荷馬車が走り出し、その両サイドにホワイトウルフたちも並走していく。

「ケニー！」

「サツキ様、ここは俺が時間を稼ぎます！」

「何言ってるの！」

どう考えたって、多勢に無勢。そうこうしているうちに、馬に乗っている人影が、私でも目視できるほどに近くなった。

「急いで乗って！」

私の怒鳴り声に、助手席ではなく荷台に乗ったケニー。私はエンジンをふかして、ドゴルたちの馬車を追う。

軽トラのスピードであれば、すぐに追いついてしまう。このまま先行して走ってしまうことはできるけど、彼らをおいてなど行けない。

サイドミラーを見ると、案の定、追いかけてきている馬との距離が縮んでいるように見える。

「ケニー！」

「はいっ」

「蛇行運転するから、摑《つか》めるところがあったら、摑まって！　ホワイトウルフたち、少し離れて！」

私はケニーの返事を待たずに、ぐりんぐりんとハンドルを動かす。乾燥している土地のせいで、土埃が盛大に舞い上がる。これで、少しは相手の視野の邪魔になるはず、と思ったのに。

「げっ、これでもスピード落とさないの⁉」

むしろ蛇行したせいで、軽トラのかなり近くまで迫ってきていた。

「もう！　それじゃ……ケニー！　耳塞《ふさ》いで！」

思いっきりクラクションを鳴らすと、先頭を走ってた馬が驚いたのか、ロデオのように前足を上げて止まったようで、他の馬もつられて止まった。それでも、まだ追いかけてくる根性のある馬が一頭。騎乗している男が何やら叫びながら、凄い形相《ぎょうそう》で大きな剣を振り上げている。

「もう、やだー。どうして、こういう時にエイデンいないのよぉ～！」

そう叫んだ時、周りがシュッと薄暗くなったと同時に、後方でドゴーンッという、もの凄い音が聞こえた。

そして。

ギャオォォォッ！

某怪獣映画にありそうな叫び声があがり、何事かと、サイドミラーに目を向ける。

「え、エイデン⁉」

真っ黒な巨大なドラゴンの背中と大きな羽が見えた。日の光に、ギラギラと鱗が光ってる。

私はブレーキを踏んで車を止めると、窓を開けて顔を出す。

見上げるような大きさと比べると、相手となる馬と冒険者のなんと小さいこと。あれ、片足だけで潰《つぶ》れちゃうんじゃない？

対する冒険者たちは、驚いて暴れる馬から放り出されてる。あ、腰が抜けて立てないみたい。その間に馬たちは逃げ出してどっかに行ってしまった。

「エイデンッ！」

私の呼ぶ声に、くるりと顔を向ける。

「あんなの放っておいて！　急ぎたいの！」

グルルルルッ
唸《うな》りながらエイデンの黒い目が細められる。

――何、まさか、怒ってるの⁉

焦る私をよそに、エイデンは身体の向きを変えると。

「ちょ、ちょっと、何⁉　え⁉」

軽トラを両手で抱えて、飛び立った。


エイデンに抱えられて飛ぶこと一時間。当然、馬車組とは離れてしまったけど、ホワイトウルフたちがいるから、大丈夫だとは思う。

最初、どこに向かっているのか問いかけたけれど、聞こえていないのか返事ももらえなかった。

窓からはしっかり外の景色が見える。荒地の先に濃い緑の森が見えてきていた。けっこう高いところを飛んでいるのがわかるせいか、座っているケニーはブルブル震えている。飛ぶ直前に助手席に戻ってきたのだ。あのまま荷台にいたら、エイデンが飛んでいる間に、風で飛ばされていたかもしれない。

エイデンがしっかり軽トラを抱えているせいもあってか、思いのほか、快適な空の旅である。

「あ、あれ、うちの村かも……って、なんか凄いことになってる……」

高さに慣れてきたのか、窓から外を見ていたケニーが驚いた声をあげた。私はケニーが教えてくれた方向に目を向ける。

「うわぁ……」

村の周囲が丸焦げだ。ところどころに大きな黒い塊があるけれど、あれは何だろう。

肝心の村の方は無事なようで、周囲の風景と比べて妙に浮いている。

「絶対、エイデンだよね」

「……そうでしょうね」

どんな業火《ごうか》が村の周辺を襲ったのか、と思ったら、身体がぶるっと震える。

しばらくして、エイデンがゆっくりと降下し始めた。

軽トラが下ろされたのは、村の少し手前のところ。エイデンの姿に気付いたのか、村から人が走ってくるのが見える。

「ネドリ様ッ」

軽トラから飛び降りたケニーが叫びながらネドリさんの方へと駆けていく。それに続いて私も軽トラから降りると、いつの間にか人の姿になったエイデンが私の隣に立っていた。

「……助けてくれてありがと」

「うむ。ノワールから連絡が来て慌てて追いかけたぞ」

「どこ行ってたのよ」

「ちょっと石をトりにな」

「……あ、そう」

毎度のことだ。どことは聞くまい。

「それよりも、これ、エイデンの仕業よね」

じろりと周囲を見渡す。いまだに焦げ臭《くさ》いにおいが漂っている。

「仕方あるまい。一頭ずつヤるのも面倒だったのだ」

「それだって、こんなんじゃ、相当熱かったんじゃないの？　ネドリさんたちが無事なところを見ると、中は大丈夫だったのは想像できるけど……」

「おお、そうだ、そうだ。五月《さつき》のウメの木は素晴らしいの！　あの業火の中でも村の中はちょっと熱い程度だったらしいからな」

――どんだけ凄い『梅《うめ》の木《き》』なのよ。

呆《あき》れている私と、なぜか自慢気なエイデン。その私たちの方へと、笑顔のネドリさんがゆっくりと向かってきた。

あんなにエイデンが褒めていた梅の木だったが、その梅の木の結界のせいで、ここでもエイデンは村の中に入れなかった。今は村の入口で、軽トラに乗って拗《す》ねながら待っている。

私はケニーと一緒に、ネドリさんの後をついていく。初めて見る獣人の村は、どこか懐かしい感じのする村だった。木造で建ててある家が多いからかもしれない。

しかし、村の中を歩いていても人の姿を見かけない。鳥の鳴き声すら聞こえない。しばらく歩くと、一際《ひときわ》大きな石造りの屋敷が目に入った。それがネドリさんの家だった。

ドアを開けた瞬間、澱《よど》んだ空気とともに青臭いニオイが鼻をついた。中に入ると、玄関ホールのところに横たわる人が数人。それとは別に、壁に寄りかかりながらこちらを見ている老人たちがいた。ケニーは知り合いがいたようで、怪我人の方へと走っていく。

「皆、怪我人なんですか？」

「横になっているのがそうです。奥の老人たちは、彼らの世話をしてくれてはいるんですが、このまま村に残りたいと言ってる連中でして」

身寄りのない一人暮らしの老人たちだそうで、このまま、長年暮らしたこの村で死にたい、と言っていて、ネドリさんも困っているようだ。

「どうも『ウメの木』があれば安全だと思っているらしくて」

「ああ……まぁ、確かに今は結界が効いてますからね」

ずっとこのまま結界を張り続けてくれるといいけれど、絶対という保証はない。

「そもそも、外の状況、ご存じなんですか？」

どう考えたって、ここで生活し続けることができるとは思えないのだ。

「だからこそ、ここなら安全だと思っているようなんです」

ネドリさんが苦々しく言う。

「安全って……食事とかどうしてるんですか」

「今は、貯蔵していた食料でなんとか凌《しの》いできたんですが……もって一週間くらいでしょう」

ネドリさんもさすがに、このまま残るつもりはなかったらしく、怪我人が歩けるようになるか、迎えがくればこの村から出るつもりだったらしい。

ここに残っている人ですぐに動けるのは、老人たちを除くと、ネドリさんと私たちのちょっと前に戻ってきたドンドンさんだそうだ。その彼は今、周囲を見回りに行っているらしい。

「怪我人の方たちって、まだ動かせない感じですか」

「屋敷の中を動き回る分には大丈夫なんですが、長い距離だと無理でしょうね」

「なるほど」

でも、軽トラの荷台に乗ってもらって、エイデンで運んでもらえば、なんとかなるんじゃないか、とも思う。そこはエイデンに要相談である。

外はすでに日が傾き始めている。しかしこの状況だとすぐには村から出られそうもない。ここは一泊していくしかなさそうだ。ネドリさんはよければ客室を使ってくれと言ってくれたけれど、このまま外で待っているエイデンを放置しておくわけにもいかない。

私は『収納』に入れてきていたシチュー入りの寸胴（ドゴルたちのとは別のもの）とロールパンを取り出すと、ケニーに皆に分けるようにお願いをして屋敷を出た。

「エイデン！」

「もう帰るのか」

なぜか軽トラの上（荷台ではない。運転席の方）に座っていたエイデンが、嬉《うれ》しそうな声で飛び降りて駆け寄ってきた。

エイデンと出会って約三ヵ月ほど経《た》っただろうか。

当初、ストーカー気味だったのも今では落ち着いているし、むしろ貢がれているし、お世話になっていると言える。

そのエイデンを、私はいまだに結界の中に入れることに躊躇《ちゅうちょ》している。

もしかして、ここだけ結界を緩めることとかできるのかな、と思って梅の木を『鑑定《かんてい》』してみたが、結界に関しての詳しい記述はなかった。単純にここの結界を緩めたら、ログハウス周辺の結界も同じように緩めてしまうことになるんじゃないか、と考えてしまう。

普通に接することはできるようになったものの、まだ自分のテリトリーというか、プライベートな空間には入れたくない、と思っている私がいるのだ。

「ううん、まだ、怪我人の様子を見ていないのと……その老人がね」

「なんだ。その様子では問題は老人のほうか？　そんなのは放っておけばいいではないか」

「いやいやいや、そうもいかないでしょ」

「わざわざ五月《さつき》が迎えに来たというのに……燃やすか？」

「何言ってるのよ」

極端なことを言いだすエイデンにギョッとする。本当にやりかねないから余計にだ。

「とにかく、ここで一泊していくよ。それに、馬車が後から来るかもしれないし」

「むぅ」

「もし、戻る時は、またエイデンに運んでもらうのをお願いしてもいい？」

チラッと見上げるようにお願いする。いつも、都合のいいように使っているようで申し訳ないけど。

「……仕方ない。五月《さつき》のお願いだったら聞くしかないからな」

鼻を膨らませながら、ニヨニヨしているエイデン。

なんというか……残念系って、こういうのを言うんだろうな、とちょっと思った。

「ありがと。そうだ、一応、少しだけど、おにぎり食べる？」

自分用にと非常食として用意していたおにぎりを『収納』から取り出す。中身は鮭と梅カツオ、ツナマヨだ。賄賂《わいろ》というには、随分と安上がりだ。

「おお、五月《さつき》のオニギリ！」

ラップに包んであったのを嬉しそうに受け取る。彼の手の大きさではかなり小さく見える。

エイデンは一つだけ残して、残りはどこかにしまったようだ。私の『収納』と同じようなモノを持っているのだろう。

ラップから取り出したおにぎりを一口でぺろりと食べてしまうエイデン。

「ん、旨かった」

「そんなんで味わえてるの？　中身なんだったかわかった？」

「うーん、魚だな」

飲み込むように食べたくせに、魚なのはわかったらしい。エイデンの味覚にびっくりである。

エイデンのところから村の中に戻ってきた頃には、シチューの鍋は空っぽになっていた。怪我人も老人も、食欲はあったようでよかった。

食後のデザートにと持ってきたのは冷凍しておいたブルーベリー。生食した時みたいに、怪我に効いたらいいな、と思って渡したら、本当に治ったのはさすがである。

それ以上に驚いたのは老人たちの変化だ。

どこか諦《あきら》めたような、生きる気力もないように見えたのに、食べた途端にやる気に満ちるというか、食い意地に走るというか。おかげで、あるだけ持ってきていたブルーベリーはなくなってしまった。

実は変な成分でも入ってたんじゃ、と心配になりつつも、とにかく、パワフルな感じになったので、それはそれでいいのか。

しかし、元気になったせいで、ついにはお祭り状態になってしまったのは誤算だった。どこに隠してあったんだというくらいのお酒が出てきたのにはびっくりした。

私も飲ませてもらったけれど、こちらの異世界《》お酒（エールって言っていた）、正直、温《ぬる》くて美味《おい》しくは感じなかった。他にはワインっぽいものもあったけれど、どちらかというとぶどうジュースみたいな感じ。お酒に強くない私でも、そこそこ飲めそうな危ないヤツだった。

私は最初に顔を出すだけで、すぐに客室に下がったけれど、その部屋まで、玄関ホールでのどんちゃん騒ぎが聞こえてきたのには参った。

私にあてがわれた客室は、しばらく使われてなかったのか、少し埃《ほこり》っぽい気がしたが、こぢんまりした感じの部屋に、ちょっとだけホッとした。

村長の家の客室とはいえ、あちら《日本》のベッドの感触に慣れてしまっているせいで、横たわった時の寝心地は、煎餅布団《せんべいぶとん》で寝るような感じで微妙に悪かった。

しかし思っていたよりも疲れていたのか、少量のお酒だったにもかかわらず酔いが回ったようで、ジャージに着替えてベッドに入った途端、一瞬で寝入ってしまった。

翌朝、身体の軋《きし》みを感じつつ、起き上がる。なんとなくお酒のニオイが部屋に漂っている気がしたので、窓を開けて換気をした。外は、うっすらと靄《もや》が出ている。

いつの間にか、サイドテーブルには水の入った陶器の洗面器みたいな物が置かれていた。寝てる間に、誰《だれ》かが持ってきてくれたようだ。これで顔を洗えということだろう。

今更気が付いたのは、先ほど開けた窓ガラスの分厚さと歪《ゆが》みだ。あまり質のいいガラスではないのは一目瞭然。それでもあるだけマシか。そういえば街に行った時も、小さいながらも窓のある家々があったのを思い出す。

獣人の村用に今建てているログハウスにはガラス窓がない。これを手に入れれば、少しは違うんではないか、と思う。あの街にでも行けば買えたりするのだろうか。

そんなことを考えていると、屋敷の中で人が動き出した気配を感じたので、私も身支度を始めた。

エントランスでは、酔いつぶれている元怪我人だった獣人たちが、死体のようにゴロゴロと転がっている。それとは対照的に、動きだしているのは老人たち。

「おはようございます、サッキ様」

私に気付いた獣人のおばあさんが、にこりと笑いながら挨拶《あいさつ》をしてきた。

昨夜、ブルーベリーを食べるまでは、諦めの表情だったのに、今ではニコニコと笑顔を浮かべながら、キビキビと動いている。

――ブルーベリー、恐るべし。

朝食は、すでにおばあさんたちが作ってくれていて、黒っぽいパンに、薄い塩味のスープが出された。具はベーコンの端っこみたいなのだ。それを皆に配り始めている。

私の『収納』の中には、燻製《くんせい》肉や卵（異世界産）をいくらか持ってきてはいたけれど、これから戻ることを考えて出すのをやめた。軽トラはエイデンが運んでくれるとはいえ、全員を私の軽トラには乗せきれない。当然、これから村に戻ってくるはずのドゴルの馬車に乗ってもらうことになる。移動にどれくらい時間がかかるかわからないけど、その間の食料が必要になるので、彼らの食料として渡すつもりだ。

食事は、そのままエントランスでそれぞれに固まって食べ始めていた。

最初、私は食堂のほうで食事をすることを勧められたけれど、みんなとここで食べることを選んだ。ネドリさんも皆と食べているというのに、私一人だけ食堂なのは居心地が悪い。

自前の折り畳み椅子《いす》を出すのもなんなので、階段に腰かけながら食事を受け取る。黒っぽいパンは少し酸味があって、固くて、むしってスープにつけないと私には食べられそうにない。周りを見ると、それが普通のことなのだろう。皆、特に何も言わずに黙々と食べている。私も黙々と食べながらネドリさんの方を見ると、彼と目が合った。

彼は小さく頷いた。

実は、昨夜のうちに彼と話していることがあったのだ。

私は食べている途中だったけれど、パンとスープを置いて立ち上がった。

「お食事中ですが、ちょっと話を聞いてください」

私の声に、皆の視線が向けられた。

昨日、梅の木を『鑑定《かんてい》』した時は、詳しいことはわからなかったのだけれど、精霊たちが教えてくれた。

『いまは、さつきがいるから、もっているけど、もうちょっとしたらきえちゃうよ』

『だって、ここにはまもるべきものがいないのだもの』

『さつきがまもりたいものがいなければ、うめのきは、ただのうめのきにもどるよ』

今ある『結界《けっかい》』が、もう少ししたら消えてしまうというのだ。

精霊たちが言う『まもりたいもの』とは、ガズゥたちのことだろう。苗を渡す時に、彼らを守ってほしいと願ったから、それを聞いてくれたのかもしれない。たぶん、だが。

さすがに『精霊に聞いたので』とは言えず、一応、鑑定したらそう出た、ということにした。そしたら、鑑定スキル持ちか！　と驚かれた。普通、疑うところだと思うのに、獣人たちは素直に信じてくれたのでホッとした。

ドゴルたちの馬車が到着した。最後は夜通し駆けたようで、疲労困憊《こんぱい》の彼らは入口近くの家の軒先で眠り込んでいる。

他の皆は、黙々と荷物を荷馬車に載せている。皆とは、元怪我人に老人含め、全員だ。

結界がなくなってしまうと聞いては、さすがに居続ける勇気はなかったようだ。なにせ、戦える者が誰もいなくなってしまうし、周囲が焼け野原だ。

現状に気付けないほどに、心も弱っていて、視野も狭くなってたってことなのかもしれない。

その全員で、村に残っている食料などを、できるだけ多く運び込んでいるものの、人間が乗るほうが大事だ。多くはそのまま残すことにしたらしい。

一応、軽トラに乗る人の希望も聞いたけれど、エイデンが飛んで運んでくれると話したら、みんなびびって乗りたがらなかった。高いところを飛ぶし、手すりがあるわけでもないし、怖いのはわかるけど。

結局、元怪我人たちのうち十人ほどが軽トラの荷台、残りの人と老人たちは馬車、ということになった。ネドリさんは馬車組のまとめ役として行くらしい。

助手席確定のケニーは、荷台組に毛布を渡している。

「これ、皆さんで食べてください」

元々渡す予定にしていた燻製肉と乾燥野菜、ロールパンをネドリさんに渡す。ロールパンは大袋をまとめ買いした物、燻製肉と乾燥野菜は、時間がある時に少しずつ保存食として作っていたのだ（おかげで、今は貯蔵庫には何も残っていない）。

それに、魔石入りのウォータータンクも二つ預けておく。一つは満タン。もう一つはけっこう使ったので足りるか心配したけれど、『収納《しゅうのう》』から取り出した途端、水がどんどん増えていくのにびっくりした。魔石ってこういう使い方ができるのか、と初めて知った。

「こんなによろしいんですか」

「いいです、いいです。私たちにはエイデンがいるので、すぐに着いてしまいますから」

エイデン曰く、猛スピードで帰れば三時間だという。普通、空《から》の馬車で三、四日、人や荷物がある場合、移動には一週間かかるというのだから、どれだけ早いんだ、という話だ。

ちなみに、ホワイトウルフたちが一緒だと、もう少し時間が短縮していたらしい。馬、必死だったんじゃないか、と少し可哀想《かわいそう》になった。

そのホワイトウルフたち。これからまた、しばらく彼らの護衛みたいなことをしてもらわなければならない。そのために、ビャクヤたちにはご褒美の先払いに、抱えるような大きさの巨大なワイルドボアの塊肉を五、六個あげた。

肉に満足したのか、盛大に尻尾《しっぽ》を振りまくってるホワイトウルフたち。その中でも一際大きな体のビャクヤに抱きつく私。こっそり、「よろしくね」と頼めば、大きな頭を私の身体にこすりつけてきた。大きいし、狼なんだけど、やっぱりかわいい。わしゃわしゃと撫でくり回しているうちに、馬車組の準備は済んだようだ。

「では、我々は先に行かせていただきます」

ネドリさんが頭を深々と下げたので、慌てて頭を上げさせる。

「たぶん、私たちのほうが先に着くと思いますけど、焦らず気を付けて行ってください」

「はい。では、村のほうはお願いします」

「はい」

周囲をホワイトウルフたちに囲まれた馬車が、ゆっくりと焼け野原を進んで行く。

きっと大丈夫、と自分に言い聞かせ、私は背後の村の方へと振り返る。

ネドリさんに任された村のこと、というのは、出ていった村人たちが持ち出せなかった荷物などのことだ。獣人たちの多くは、着の身着のままの状態で村を離れている。私が買っておいた物くらいじゃ、到底、足りないのだ。

「『収納』のバージョンアップしておいて正解だったわ」

とりあえず、目の前の家々を『収納』していく。ネドリさんは荷物を持っていくだけと考えているかもしれないけれど、分別とか面倒なのでさっさと家ごとしまい込む。

まさか自分が獣人の村まで来るとは考えてもいなかったから、ログハウスを作りまくっていたけれど、もしかしたら、住み慣れた家のほうがいい、という人もいるかもしれない。

「でも、トイレとお風呂《ふろ》に慣れちゃったら、ログハウスのほうがいいって言うかなぁ」

そう言いながら、ほいほいとしまっていくと、最後にはだだっ広い土地だけが残った。

「それに、梅の木も」

村を囲う石壁の四隅に青々と茂った梅の木。すでにしっかり根付いているように見えるけれど、せっかくなら連れて帰りたい。試しに一本触れてみると、シュンッと消えてしっかり『収納』できてしまった。見事に大きな穴だけが残ってるけど、まぁ、いいか。残りの三本もどんどん『収納』。

「あとはボルダの苗だけど……あれ、これは全然育ってないね」

同じように石壁の中で、地植えにしたようだけれど、こっちはあまり成長もしていない。いや、これが普通なのかもしれない。

サッと『収納』して満足した私は、軽トラに向かおうとして振り返ると、荷台に乗って待っていた獣人たちが、あんぐりと大口を開けて固まっていた。その中には助手席に乗り込もうとしていたケニーも含まれている。

「どうかした？」

「……ハッ!? ア、イエ、ナンデモアリマセンッ」

なぜか片言になっているケニー。他の獣人たちは、頭をコクコク頷くだけ。

「ククク ッ」

「何よ、エイデン」

軽トラに近寄りながら、なぜか笑うエイデンを睨《にら》みつける。

「いや。さて、さっさと戻るぞ」

そう言って、ぶわりと飛び上がったと同時に巨大な古龍の姿に戻る。

何度見ても不思議な光景に、私も、凄いなぁ、と感心する。気を取り直して、運転席に乗り込もうとして荷台を見ると、獣人たちが白目を向いて倒れてた。

「え、だ、大丈夫!?」

声をかけるけど誰も反応しない。

『五月《さつき》、放っておけ。起きててもきっと騒がしいだけだ』

「そ、そうかもしれないけど、落ちたりしない？　それに毛布渡したけど、上空とか寒かったりしないかしら」

『フン、五月《さつき》は移動中、寒かったか？』

言われてみれば、気にはならなかった。

『ちゃんと結界を張っているから大丈夫だ。ほら、早く乗れ』

エイデンに任せておけば大丈夫だろうと、私は素直に運転席に乗り込んだ。助手席のケニーは、しっかりシートベルトを止めて、それをギュッと握りしめている。気持ちはわかる。

古龍の大きな手に抱きかかえられ、車体がふわっと浮かんだ感じがした。横の窓から、眼下に焼け焦げた森の跡が広がっているのが見えた。

ギャオォォォォォォッ
エイデンの雄叫《おたけ》びがいきなり響く。

ガラスがビビビッと空振する。

「ちょ、ちょっと！　起きちゃうじゃないの！」

慌てて後ろを見るけれど、誰一人起きている様子はない。むしろ、気持ちよさそうに寝ている。

——もしかして、魔法で眠らせてくれてる？

そう気付いた私は、ホッとして前を向いた。

しばらくは空の旅だ。運転しなくていいのなら、と、タブレットを取り出した私は、山に戻ったら何から始めようかと悩みだした。

獣人たちが全員無事に到着して一週間が経った。朝の空気はすっかり秋の気配が濃くなってきている。

私は日課になった立ち枯れの拠点の畑の点検に来ている。

「おはようございます！　サツキさま！」

元気に駆け寄ってきたのは、ガズゥ、テオ、マルのちびっ子たちだ。

私は手を振ると、立ち枯れの拠点の畑で育てている野菜へと目を向ける。ナスやプチトマトが大量に生っているし、それに玉ねぎやじゃがいも、にんじんも、葉っぱがワサワサ茂っている。

相変わらず、成長スピードはおかしいし、一人では採りきれないし、食べきれない。なので、ガズゥたちにもお手伝いを頼んで、お駄賃代わりに、採れた野菜たちの一部をお持ち帰りしてもらっている。

結局、村長であるネドリさんの家と村の倉庫以外の家々は、全て私が『収納』して『分解』した。

以前の村では、トイレは共用、風呂なしだったらしい。そんな彼らが、ログハウスのトイレとお風呂を知ってしまったら、それがない生活は無理、となるのは当然なのかもしれない。

一方で、村長の家はそのまま残した。ログハウスよりも見た目は十分立派なのだ。しかし、トイレと風呂がないのは不便なので。一番小さいサイズのログハウスを離れのように使ってもらうことにした。『タテルクン』にリフォーム機能でもついていればよかったのだけれど、今のところメニューはないので残念である。

『分解』といえば、古い家についていたガラスが、『タテルクン』で再利用してログハウスで使えたのにはびっくりした。

できたらいいな、と思ってはいた。しかしサイズが決まっているようで、それに合わない部分には適応されなかったけど、小さな嵌《は》め殺し窓には十分だったようだ。真っ暗で、閉め切った状態よりはマシになったと思う。

村長の家が予定外に追加されたので、当初の読みよりも敷地を広げることになった。

私には『ヒロゲルクン』があるので、建物の移動は簡単。しかし、獣人たちはその様子を見て、両手を組んで祈っていた（遠い目）。

とりあえず、皆が無事に生活できるようになったので、一安心ではある。

生活といえば、食料のことだ。一応、倉庫に保管してある物もあるし、私の畑の野菜などもあるにはあるけれど、それだけというわけにもいかない。石壁の外側に広がる荒野をなんとか開拓できないかと、皆で考えているらしい。

ついでに、エイデンの住む山から北側を中心に、若者たちの多くが狩りに行き、女性たちは木の実やキノコなどがないか、探しに行っているらしい。ホワイトウルフたちと共生できているのなら、いいのではないかと思う。

さすがに一週間も経てば、皆、顔つきも穏やかになってきていて、改めて、無事に来れてよかったと思う。

ソロキャンプをしていた頃に比べたら、ずいぶんとにぎやかになったものだ。

「サツキさま」

「うん？　何、ガズゥ」

プチトマトを採っていたガズゥが声をかけてきた。

「おやしきのきになっているみ、そろそろぜんぶとったほうがよくない？」

「あ、そうだった」

今は果樹園では梨が、ログハウスの敷地ではリンゴが生っている。

リンゴがたくさん採れたら、ジャムを作るのもいいかもしれない。そういえば、フライパンで作るアップルパイなんていうのもあった気がする。今から秋の味覚が、楽しみだ。

ガズゥの言葉で、立ち上がって山の方を見る。少し早いけれど冬支度を始めたほうがいいかも、と思いつつ、ぐーっと背伸びをする。

そういえば、ドッグランの水浴び場も気になっているところだが、稲荷《いなり》さんに頼んでおいた職人はいつになったら来てくれるのだろう。寒くなってきたら、水浴び場を使うこともないかもしれないけど、寒い時期に作業するほうが大変そうだ。

それに、獣人たちの生活を考えると、商人も早いところ来てほしい。自給自足するのも限界がある。街まで買い出しに行く選択肢もあるにはあるけれど……獣人には厳しそうだ。

——貯まりに貯まった、この世界のお金も使っちゃいたいしね。

タブレットの画面に映った金額を思い出して、親指を立ててニヤリと笑う稲荷《いなり》さんの姿が頭に浮かんだ私なのであった。

書籍限定
書き下ろし

稲荷、奥さんと出会う

時は江戸時代の始め。世の中はまだ、戦国の世の残り香が色濃く漂っている。

稲荷《いなり》の社《やしろ》のある山奥にも、少し前まで、時に落人《おちうど》が隠れ住むことがあったが、今は時折、山の麓《ふもと》から村人たちがお参りにやってくるくらいだ。

「だいぶ、人の世も落ち着いてきたようですねぇ」

社の周辺を竹箒《たけぼうき》で掃いている稲荷《いなり》が秋の空を見上げる。

年の頃は二十代くらい。髷《まげ》を結った神主の姿ではあるものの、残念ながら、ひょろりとした体型と、少しばかり猫背のせいか、あまり神々しい感じはない。

「そろそろ、麓から秋の奉納《ほうのう》祭の太鼓の音が聞こえてきてもいいと思うんですけど」

そう言って稲荷《いなり》は耳を澄ましていると、聞こえてきたのは。

「キャァァァァァ」

静かな山の中に響く、若い女の甲高い叫び声。

「まったく……野盗《やとう》か何か……じゃないようですね……チッ」

神主らしからぬ舌打ちをした稲荷《いなり》は、鋭い目つきで山の方をにらみ、すぐさま、叫び声のする方へと走っていく。

I Bought a Mountain
Living in another world isn't bad either.

＊　＊　＊　＊　＊

女ははじめ、仲間たちと一緒に、魔物を間引くために村の近くの山へ入ったはずなのに、途中で変な靄《もや》の中に迷い込んでしまった。

白い靄の中、仲間たちの名を呼ぶが誰《だれ》も反応しない。

魔力感知するために精神集中するも、誰一人反応が返ってこない。

――まさか、皆、死んじゃった？

女はひどく動揺しながらも、落ち着くのよ、と自分に言い聞かせ、ひたすら前に進んでいく。

ガサガサガサガサ
自分以外のモノが動いている音が聞こえてきた。それもかなり大物なのは、女にも理解できた。

――追いかけてくる！

女は、必死に走りながらも、風魔法で靄を振り払おうとしたのだが。

「なんで、発動しないの？」

グォオオオ
――まさか、オーク？　それも、この威圧はジェネラルクラス！

仲間と一緒であれば討伐した経験はあったけれど、単独ではまだない。その上、なぜか魔法が発動できない状況で、女は死を覚悟した。

その女の目の前に、見たこともない服装をした一人の男が現れた。

『※○&%#@？（耳長族《みみながぞく》か）』

「に、逃げて！」

どう見ても弱そうな男に、女は叫んだ。

しかし、男には何を言っているのかわからなかったようで、首を傾《かし》げると、女の背後に現れたオークジェネラルを睨《にら》みつけた。

『&#¥、@&○▼$#&（まったく、またどこかに綻《ほころ》びができたか）』

女は男の体を摑《つか》もうと手を伸ばした時。

『◆%（滅）』

ズドーンッ
「え」

背後で起きた激しい音に振り返ると、オークジェネラルの巨体は倒れ、チラチラと小さな光とともに消えていく。

「ど、どういうこと……」

女は男の方へと目を向けると、男は大きなため息をついていた。

＊　＊　＊　＊　＊

キャンプ場の事務所から、車で五分ほど山の奥に入ったところに小さな小屋がある。

元は稲荷《いなり》の社があったところだ。

そしてここが一応、オーナーの家、ということになっている。

「はぁ、今日も疲れましたねぇ」

仕事を終えて小屋に戻ってきた稲荷《いなり》は、凝った肩をぐりぐりと回しながら、小屋の中のドアを開ける。

「ただいま戻りましたよ～」

ドアの向こうは異世界の稲荷《いなり》の家。

「おかえりなさい、あなた！」

ご機嫌で出迎えるのは、耳長族……ハイエルフの女。今では稲荷《いなり》の妻となっている。

同じくらいの背丈の稲荷《いなり》に抱き着き、頰《ほお》にキスをする妻に、頰を赤らめる稲荷《いなり》。すでに３００年以上共に過ごしているのに、いまだに慣れない。

女を助けたと同時に、綻びを直しに行った稲荷《いなり》は、毎回毎回、同じ世界からの綻《ほころ》びが起きることに堪忍袋《かんにんぶくろ》の緒が切れて、女と共に、彼女の世界の神のところに特攻し、イグノス神を土下座させたのだ。

――まさか、嫁にしてくれと縋《すが》られるとは思いもしませんでしたよ。

腕に抱きついている妻の姿にまんざらでもない顔で、口元を緩める稲荷《いなり》であった。

書籍限定書き下ろし

サリーは見た

メイドの先輩であるターニャの後をついて歩くのは、無事に王都の屋敷に戻ってきたサリー。

交換用のシーツを抱えながら、キャサリンの部屋の前を通り過ぎる。

今日は同じく無事に帰ってきたキャサリンのお見舞いということで、婚約者の王太子がやってくることになっている。

少し日に焼けてしまったキャサリンに、侍女たちが白粉《おしろい》をはたいていく。

鏡に映るキャサリンと視線があったサリーは、ニコッと笑ってからターニャの後を追いかけた。


「ターニャさん」

「なに」

パパパパッとシーツを交換していくターニャから、剥《は》いだシーツを受け取り畳んでいく。

「おじょうさまがいないあいだ、おやしきはだいじょうぶでした？」

「大丈夫なわけ、ないでしょ。いらっしゃらない間は、奥様は倒れて寝たきりになってしまうし、坊ちゃんは姉君のキャサリン様を探して夜中に屋敷の中を徘徊《はいかい》するし」

思った以上に屋敷の中は大変だったことに、驚くサリー。

「でも、知っているのは、三階以上で仕事をしている者たちだけよ。外には緘口令《かんこうれい》がしかれたからね」

キャサリンは、予定通りに祖父のいる領地にいたということになっているらしい。しかし、王家には内密にするわけにもいかず、キャサリンたちが誘拐されていたことは報告済みだそうだ。

「それでもお嬢様に会いにいらっしゃるんだもの。王太子様に愛されてるわよね～」

フフフ、と笑いながらシーツ交換を終えたターニャは次の部屋へと移動する。

サリーは窓をチラリと覗《のぞ》くと門の方から走って来る大きな馬車に目を向ける。王家の紋章がでかでかと描かれている馬車だ。

シーツを抱えて階段をえっちらおっちら下りていくサリー。階下では楽しそうな笑い声が聞こえてきた。

洗濯場から出て屋敷の中に戻る途中、庭園のそばを過ぎたところで微《かす》かな声が聞こえてきた。

「……ほん……によかった」

震える男の子の声に、サリーの足は止まる。

「アランさま」

――おじょうさまだ！

サリーは、こっそり生垣《いけがき》の下、サリーの体だったらなんとか抜けられそうな穴のところに、潜り込む。そこからは東屋でお茶をする二人の様子が、少しだけ見えた。

「陛下から、万が一もあるから、覚悟するように言われたのだ。万が一とはなんだ、私はキャサリン以外を娶《めと》るつもりなどないのに」

王太子の言葉に、サリーはうんうんと頷《うなず》く。

――そうよ！　おうたいしひ？　は、キャサリンさまが、ぴったりなの！

頬《ほお》を赤らめているキャサリンの顔が見えて、サリーはにんまりとする。

「アランさま。そういってくださって、うれしいです」

「キャサリン……ん？」

王太子が何かに気が付いたようだ。

「この手首につけているのは、ブレスレットかい？　随分とその……」

サリーは、自分の手首にもついている五月《さつき》から貰《もら》ったミサンガに目を向ける。五月《さつき》が自ら編んでくれた物。無意識にミサンガをなぞる。

「こちらは、わたくしたちをたすけてくださったかたに、いただいたものなのです」

「そ、そうか」

「これはおまもりなのです。サツキさまが、きっとわたくしたちをまもってくださると」

「わたくしたち？」

「はい、つらいときに、いっしょにいてくれたメイドみならいがおりましたの」

サリーは自分のことだ、と思ったら、くすぐったい気持ちになった。

「そうなのか。私がその者の代わりに、そばにいたかったぞ」

「まぁ……」

幸せそうな二人の様子に満足したサリーは、ズルズルと穴から抜け出す。スカートが少し汚れてしまったので、ササッと汚れを落とした。

――サツキさま、キャサリンさまはだいじょうぶです！

ニマッと笑うと、パタパタと屋敷の方へと走っていった。

……ちなみに王太子の護衛たちが、小さなお尻《しり》をフリフリしながら穴に入っていくサリーの様子を見て、必死に笑いをこらえていたことを、追記しておく。

あとがき

この本を手に取って最後まで読んでいただき、ありがとうございます。無事に三巻をこの世に出すことができて、ホッとしております。これも多くの読者の皆様に興味を持っていただけたおかげだと思います。ありがとうございます。

三巻のあとがきを書いている現在は、寒さが残る三月の初旬で外は凄い風の音です。その上、大量の花粉が飛び交っていると思うと、まだ花粉症ではない私でも外に出たくなくて、しっかり引きこもっております。

今回の三巻では、たくさんの狼獣人《おおかみじゅうじん》たちが登場しましたが、皆様は誰が一番のお気に入りでしょうか。

私の中では、ガズゥたちちびっ子をのぞくと、一番はガズゥの父親、ネドリでしょうか。

エイデンが残念系のイケメンなのに対して、ネドリは正統派なヒーローイなメージがあります。そんなネドリとエイデンが並んでいる姿を想像すると、ムフフと笑ってしまうのは私だけではない……はず？

個人的にはネドリにぴったり張り付いている奥さんのハノエさんの姿が見てみたいのですが、これは次巻にでも、りりんら先生にお願いしてみようかな、と画策しております。

そんな残念系イケメンのエイデンですが、三巻では色々と（本当に色々と）活躍するので、多少は五月《さつき》にも見直されているかもしれません。

これからも五月やエイデン、精霊たちや狼獣人たちと、村のほうも賑やかになっていきます。WEBの連載とは出番が多少違いますが、商人や職人も次巻には登場する予定です。五月の山の開拓や異世界での山暮らしを、皆様も読みながら一緒に、味わっていただければと思います。

表紙のイラストでは、今よりももっと暑い時期、まさに夏！　という感じです。夏生まれの私も、かなりお気に入りです。

アロハ姿のエイデンのニヤリとした顔も、子供たち三人の嬉しそうな顔も、見ているこちらがニヨニヨしてしまいます。五月がBBQ奉行になっている姿に、『私にもお肉を！』と声をかけたくなりました。皆さんはいかがでしょうか。

こうして毎回、素敵なイラストを描いてくださるりりんら先生には脱帽《だつぼう》です。ありがとうございます。

最後に、初稿で毎回、色々と指摘して下さる編集さんに、最大の感謝を。

誤字脱字はもちろん、私が見落としていることや、実際に読んでの違和感等、私と共に作品を作り上げていくお手伝いをしてくださる編集さんです。

これからも、共に読者の皆さんに楽しんでいただける作品になるよう努力していこうと思います。

どうぞ、次巻もお楽しみに！

実川えむ

次巻予告
異世界の山でも、食欲の秋？
ますます、モフモフたちと山暮らし。ひと味違うスローライフ、第四弾！！
山、買いました4
～異世界暮らしも悪くない～
2024年9月発売予定！
予約受付開始!!
※発売予定および内容は変更になる場合があります。

GAノベル

山、買いました 3
～異世界暮らしも悪くない～

2024年5月31日　初版第一刷発行
2024年6月4日　第二刷発行

著者　実川えむ

発行者　出井貴完

発行所　SBクリエイティブ株式会社
〒105-0001　東京都港区虎ノ門2-2-1

装丁　AFTERGLOW

印刷・製本　中央精版印刷株式会社

乱丁本、落丁本はお取り換えいたします。
本書の内容を無断で複製・複写・放送・データ配信などをすることは、
かたくお断りいたします。
定価はカバーに表示してあります。

©Emu Jitsukawa
ISBN978-4-8156-2500-9
Printed in Japan

ファンレター、作品のご感想をお待ちしております。

〒105-0001　東京都港区虎ノ門2-2-1
SBクリエイティブ株式会社
GA文庫編集部 気付

「実川えむ先生」係
「りりんら先生」係

本書に関するご意見・ご感想は
下のQRコードよりお寄せください。
※アクセスの際に発生する通信費等はご負担ください。

https://ga.sbcr.jp/

山、買いました　～異世界暮らしも悪くない～

著：実川えむ　画：りりんら

GAノベル

ただいま、モフモフたちと山暮らし。

スローライフな五月の異世界生活、満喫中。


失恋してソロキャンプを始めた望月五月《もちづきさつき》。何の因果か、モフモフなお稲荷様（？）に頼まれて山を買うことに。それがまさかの異世界だったなんて！

「山で食べるごはんおいしー！」

異世界仕様の田舎暮らしを楽しむ五月だが、快適さが増した山に、個性豊かな仲間たちが住み着いて……。

ホワイトウルフ一家に精霊、因縁のある古龍まで!?

スローライフな五月の異世界生活、はじまります。

山、買いました2　～異世界暮らしも悪くない～

著：実川えむ　画：りりんら

GA ノベル

お稲荷様に頼まれて、異世界の山を買った望月《もちづき》五月《さつき》。モフモフ従魔に精霊、ちびドラゴンも住み着き、ますます賑やかになる田舎暮らし。

「ついに春がやってきた！」

植えまくった桜に生ったさくらんぼを採ったり、未開拓の土地へと足を伸ばしたり、春らんまんの山をの～んびり満喫する五月たち。

ホワイトウルフ一家にも三つ子が生まれ、幸せいっぱい！

そんな出会いの季節に、なぜか獣人の子供たちを発見して……!?


ただいま、モフモフたちと山暮らし。

スローライフな異世界生活、第二弾。

神の使いでのんびり異世界旅行３

～最強の体でスローライフ。魔法を楽しんで自由に生きていく！～

著：和宮玄　画：ox

GA ノベル

港町・ネメシリアに別れを告げ、旅立ったトウヤたち。神の使いとして次に目指すのは北方の迷宮都市・ダンジョール。険しい山道の途中、一行はＳ級冒険者パーティ『飛竜』と遭遇する。しかも、旅の仲間であるカトラとは何やら面識があるようで……？

そして、山を越え眼前に広がるのは一面の銀世界！

雪山の麓に所狭しと並ぶレンガ造りの家々と巨大な冒険者ギルド。この街の名物は未知なる魔物や宝が眠る【ダンジョン】。

まだ見ぬ出会いを求め、トウヤたちも探索に乗り出すのだが……のんびり気ままな異世界旅行、雪降る迷宮都市・ダンジョール編！

王子様などいりません！　～脇役の金持ち悪女に転生していたので、今世では贅沢三昧に過ごします～

著：別所 燈　画：コユコム

GAノベル

　わがまま侯爵令嬢ローザ・クロイツァーは、王子アレックスと観劇の帰りに馬に蹴られて怪我をしてしまう。

　だが、その拍子にローザは重大なことに気がついた。

「ここは前世で読んでいた漫画の世界。

　そして私は毒殺される脇役な悪役令嬢！」

　前世は社畜で過労死。今世は悪役令嬢で毒殺予定。

　せっかく超お金持ちのお嬢様に生まれたのに、冗談じゃないわ。

　自由に散財して絶対に長生きしてやる！

　フラグを回避して贅沢三昧なお嬢様生活を送っていく、そんなローザの奮闘記。

悪役令嬢と悪役令息が、出逢って恋に落ちたなら

～名無しの精霊と契約して追い出された令嬢は、今日も令息と競い合っているようです～

著：榛名丼　画：さらちよみ

GAノベル

　名門貴族の出身でありながら、"名無し"と呼ばれる最弱精霊と契約してしまった落ちこぼれ令嬢ブリジットは、その日第三王子ジョセフから婚約破棄を言い渡された。彼の言いつけでそれまで高慢な令嬢を演じていたブリジットに同情する人物は、誰もおらず……そんなとき、同じ魔法学院に通う公爵令息ユーリが彼女に声をかける。

「第三王子の婚約者は、手のつけられない馬鹿娘だと聞いていたが」

　何者をも寄せつけない実力と氷のように冷たい性格から氷の刃と恐れられるユーリだが、彼だけは赤い妖精と蔑まれるブリジットに真っ向から向き合う。やがてその巡り合わせは、落ちていくしかなかったブリジットの未来を変えていくきっかけになり──。

死にたがり令嬢は吸血鬼に溺愛される

GA ノベル

著：早瀬黒絵　画：雲屋ゆきお

両親から蔑まれ、妹に婚約者まで奪われた伯爵令嬢アデル・ウェルチ。人生に絶望を感じ、孤独に命を絶とうとするアデルだったが……

「どうせ死ぬなら、その人生、僕にくれない？」

不幸なアデルの命を救ったのは、公爵家の美しき吸血鬼フィーだった。

「僕、君に一目惚れしちゃったみたい」

フィーに見初められ、家を出る決意をしたアデル。日々注がれる甘くて重い愛に戸惑いながらも、アデルはフィーのもとで幸せを感じはじめ——。

虐げられた令嬢と高潔な吸血鬼の異類婚姻ラブファンタジー！

第17回 GA文庫大賞
GA文庫では10代〜20代のライトノベル読者に向けた
魅力溢れるエンターテインメント作品を募集します！
書く、その先へ。
イラスト／はねこと
大賞賞金300万円+コミカライズ確約！
◆募集内容◆
広義のエンターテインメント小説（ファンタジー、ラブコメ、学園など）で、日本語で書かれた未発表のオリジナル作品を募集します。希望者全員に評価シートを送付します。
※入賞作は当社にて刊行いたします。詳しくは募集要項をご確認下さい。
全入賞作品を刊行までサポート!!
応募の詳細はGA文庫公式ホームページにて
https://ga.sbcr.jp/